DE LA

COMÉDIE D'ARISTOPHANE,

AVEC UN APPENDICE

SUR LES REPRISES

DE QUELQUES-UNES DE SES PIÈCES,

PAR EDMOND ARNOULD,

AGRÉGÉ DES CLASSES SUPÉRIEURES DES LETTRES.

PARIS.

1842.

ANGERS, — IMPRIMERIE DE COSNIER ET LACHÈSE.

FAUTES A CORRIGER.

Page 5, ligne 6, *au lieu de* : tous ses rivaux, *lisez* : tous ces poëtes.

Page 70, dans la note, *au lieu de* : [illegible], *lisez* : [illegible].

Page 96, ligne 1, *au lieu de* : [illegible], *lisez* : [illegible].

DE LA

COMÉDIE D'ARISTOPHANE.

Comme ces Rhapsodes qui, dans leurs chants, débutaient par le nom de Jupiter (1), nous sommes forcés, chaque fois que nous touchons à l'antiquité poétique, de remonter jusqu'à Homère et de débuter par son nom. De lui en effet découle toute poésie; avant lui il n'y a rien, ou plutôt il résume et absorbe en lui tout ce qui le précède, comme il crée tout ce qui le suit. D'une part, l'Iliade et l'Odyssée produisent, à plusieurs

(1) Pindare, *Néméennes*, ode II, v. 1-3.

siècles de distance, Eschyle et la Tragédie (1); de l'autre, on trouve dans le Margitès le premier monument du poème comique ou satirique (2). Sans doute, avant Homère, la poésie plus d'une fois s'était inspirée du ridicule ou s'en était fait une arme; mais il n'est resté aucune trace de ses productions en ce genre, et de tous ceux qui, dans la haute antiquité, ont présenté le tableau de la vie humaine sous ses deux faces, sérieuse et comique, Homère est demeuré le seul, parce qu'il était le plus grand. Toutefois il faut placer bien plus près de nous l'époque où la poésie satirique a revêtu la forme du drame, forme sous laquelle elle a reçu sa plus belle, sa plus solennelle expression, différente en cela de la poésie héroïque qui, déjà complète dans l'épopée d'Homère, n'eut que peu de chose à gagner dans la nouvelle carrière qu'Eschyle, Sophocle et Euri-

(1) C'est le fonds seulement que l'Iliade et l'Odyssée ont fourni à la tragédie; la forme vient d'ailleurs, comme nous le verrons plus tard. Au reste je me hâte d'avertir que je n'ai voulu en aucune façon donner l'histoire scientifique des origines de la comédie. Sans discuter les faits, je me suis contenté du témoignage d'Aristote, non pas seulement à cause de l'autorité de son nom, mais parce que, l'origine de la Tragédie étant connue, celle qu'il assigne à la Comédie est la seule logique et naturelle.

(2) Aristote. Poét. chap. 4.

pide lui ouvrirent. Cette forme ne fut pas due à l'invention particulière d'un homme; née des chants phalliques comme la Tragédie des chants dithyrambiques (1), elle se développa insensiblement par le concours de tous, et ce ne fut qu'après être parvenue à un certain degré de perfection relative qu'elle se personnifia dans le nom d'un inventéur. Ainsi pour la Comédie comme pour la Tragédie, il y a un point de départ unique, les fêtes de Bacchus; seulement le Dithyrambe est la poésie noble, idéale de ces fêtes, tandis que le Phallique en est l'expression matérielle et grossière.

On s'accorde à nommer le Sicilien Epicharme comme le premier qui présenta sur la scène un drame à peu près régulier, ce qu'on peut appeler une comédie (2). Les Mégariens, de leur côté, réclamaient la priorité de l'invention (3); mais n'eût-on pas à opposer à leurs prétentions des autorités irrécusables, la question, dans le doute, devrait encore être tranchée en faveur des Siciliens, dont la réputation d'esprit et de causticité

(1) Aristote. Poét. chap. 4. Voir un exemple remarquable du chant phallique dans les Acharniens d'Aristophane, v. 263-279.

(2) *Ibid.* chap. 3 et 5. — Théocrite, épigramme 17.

(3) *Ibid.* chap. 3.

s'est perpétuée jusqu'à nous. Quoi qu'il en soit, les Athéniens se hâtèrent d'adopter un genre de divertissement qui s'alliait si bien avec leurs goûts et l'état présent de leur république. La comédie, cette plante étrangère, n'eut qu'à paraître sur le sol de l'Attique pour s'y naturaliser et y donner ses plus beaux fruits. Mais parmi les écrivains qui adoptèrent ce genre nouveau, trois surtout s'acquirent une réputation éclatante, Eupolis, Cratinus et Aristophane (1). Ces trois noms sont les premiers dans ce qu'on est convenu d'appeler l'ancienne comédie, et nous les retrouvons réunis au début d'une satire où Horace semble regretter cette liberté de tout dire qu'on n'avait plus dans la Rome d'Auguste (2). Les œuvres des deux premiers sont perdues, et Aristophane est resté le seul représentant de toute cette période, unique peut-être dans l'histoire des lettres, où le poète osait montrer sur ses tréteaux, et poursuivre d'un implacable rire, non pas le possible, mais le réel, non pas l'homme, mais l'individu, non pas le mort d'hier, mais le

(1) Plures ejus (veteris comœdiæ) auctores, Aristophanes tamen et Eupolis Cratinusque præcipui. Quintilien. Inst. Orat. liv. 10.

(2) Horace, liv. 1, sat. 4.

vivant d'aujourd'hui. De l'aveu de tous les anciens, le seul Plutarque excepté (encore ne le compare-t-il pas aux écrivains de son époque et de son caractère, mais à Ménandre, le plus grand des poètes grecs de la nouvelle comédie), Aristophane est de tous ses rivaux en même temps le plus élevé et le plus complet. Moins amer, mais non moins véhément que Cratinus, il égale souvent la grâce d'Eupolis (1); et, s'il nous faut d'autres témoignages, Platon l'envoie à Denys de Syracuse comme le plus propre de tous les écrivains grecs à lui faire connaître l'état et la langue de la république athénienne; Cicéron l'appelle le plus agréable de tous les poètes de l'ancienne comédie; enfin, saint Jean Chrysostôme en fait, dit-on, sa lecture habituelle et le place la nuit sous son chevet, comme Alexandre y plaçait les œuvres d'Homère.

Cependant la situation de la république change; la puissance extérieure d'Athènes, ruinée par la guerre du Peloponèse, s'écroule, et entraîne dans sa chute les libertés populaires et les libertés du théâtre, chaque jour restreintes par des prohibitions nouvelles : si bien que d'édits en édits la comédie de politique se fait bourgeoise, de lo-

(1) Platonius, cité par Frischlinus.

cale, universelle, humaine enfin d'athénienne qu'elle était. L'ancienne comédie, tant cette révolution fut soudaine, était morte avant Aristophane. Alors parurent Ménandre et Philémon, inégaux en génie, mais non pas en succès (1), l'intrigue remplaçant souvent pour le second ce qui lui manquait du côté du talent, tous deux aussi également maltraités par le temps, qui ne nous a permis de les connaître que par les imitations latines de Térence et de Plaute. Une révolution a eu lieu dans l'état; des changements bien plus profonds encore sont survenus dans l'art. A la vérité ce sont encore des Athéniens que l'on peint, mais ce sont aussi, ce sont surtout des hommes; et ce qui distingue l'art nouveau de l'art ancien, c'est que, laissant la place publique, où les passions et les caractères sont variables comme les temps et les circonstances, il passe le seuil de la vie privée, où l'élément humain et éternel se mêle à ce qu'il y a de changeant, de périssable dans les mœurs de chaque

(1) Menander a Philemone nequaquam pari scriptore in certaminibus, ambitu, gratiaque et factionibus, sæpenumero vincebatur. (Aulu-Gelle. Nuits attiques, liv. 17, ch. 4.)

Fabulas cum Menandro in scena dictavit, certavitque cum eo, fortasse impar, certe æmulus; nam quod cum etiam vicit sæpenumero pudet dicere. (Ap. Florid. liv. 3.)

nation. Voilà donc deux genres de comédie, non moins divers pour le fonds que pour la forme, cercle infranchissable dans lequel sont condamnés à se mouvoir les poètes qui viendront désormais; sans qu'ils puissent toutefois se plaindre de n'avoir plus à créer, car la matière dont ils disposent est variée de tous les changements des temps, et riche de toutes les passions que renferme le cœur de l'homme. A l'ancienne comédie il fallait, pour qu'elle pût se produire, un ensemble de circonstances rare dans l'histoire des peuples comme dans celle des littératures (1); à la nouvelle, toutes les époques, quelque situation politique qu'elles aient d'ailleurs, sont bonnes, pourvu qu'elles soient lettrées. Aussi la voyons-nous fleurir également à Athènes, dans la décadence de la république, à Rome, pendant les guerres puniques, c'est-à-dire au temps de ses accroissements les plus rapides, à Paris, sous la monarchie absolue de Louis XIV, où elle crée seulement ses plus belles œuvres, et donne la véritable mesure de ses forces.

Le but de cette dissertation est de rechercher

(1) Notre vieux théâtre offre de nombreux rapports avec l'ancienne comédie, sinon pour le génie de l'invention et la perfection du langage, du moins pour la liberté de la satire et la licence des mœurs.

la nature du comique dans l'ancienne comédie, ou, pour mieux dire, dans Aristophane, resté le seul de tous les poètes de son époque, et, par un singulier bonheur, le plus grand de tous. Je la divise en deux parties, dont la première est consacrée à l'appréciation littéraire du poète, la seconde à quelques observations sur le caractère politique, religieux et moral de ses comédies. Certes je n'ai pas la prétention, en pareille matière, de ne dire que du neuf; mais j'ai pensé que d'une étude consciencieusement faite il pouvait naître quelques aperçus nouveaux, et qu'ainsi mon travail, pour n'être pas nécessaire, ne serait pas tout entier perdu.

PREMIÈRE PARTIE.

Il ne faut pas chercher dans Aristophane des caractères, si par là on entend la création d'une figure originale, ayant sa physionomie propre, et se révélant dans toute la suite du drame par des traits distinctifs et facilement reconnaissables. Je crois nécessaire, pour bien apprécier ce qui manque à Aristophane de ce côté, d'entrer dans quelques détails sur les différentes manières d'observer et de peindre les caractères.

Tout personnage appelé à jouer un rôle dans une œuvre dramatique doit être homme d'abord, *lui* ensuite; il doit avoir toutes les qualités essentielles du genre humain, dont il fait partie, puis celles de son époque, de son pays, de sa condition, de son âge (1), et enfin quelque chose de plus, quelque chose d'indéfinissable qui le distingue de tout autre personnage, soit réel, soit imaginaire. Suivant que l'un ou l'autre de ces éléments dominera dans les caractères, ils seront ou généraux, ou individuels; généraux, si le poète, dans la conception de ses personnages, a été plus frappé des rapports des hommes entre eux que de leurs différences; individuels, si le poète, tout en conservant les traits essentiels de la nature, a vu dans les hommes et reproduit dans son œuvre ce qui les sépare bien plus que ce qui les rapproche. Ces deux manières sont représentées par deux génies du premier ordre, ou, pour parler plus vrai, par les deux plus grands génies dramatiques qui aient jamais existé, Molière, Shakespeare. Molière crée des figures qui représentent toute une passion, tout un vice, tout un ridicule, et qui, détachées du cadre où il les place, n'en paraissent pas moins vraies. L'observation de Shakespeare est immense, elle embrasse l'univers; mais ses personnages sont inséparables de leur époque, de leur costume, de leur cadre. Il les peint tels qu'il les voit, tels qu'il les rencontre, beaux ou laids,

(1) Horace, art poétique, v. 114-118.

spirituels ou stupides, et l'on dirait qu'il les prend tout habillés dans la rue ou dans le monde pour les jeter pêle-mêle sur la scène. Ils sont hommes, on le sent; le cœur bat sous leurs vêtements; mais ces vêtements sont nécessaires pour qu'on les reconnaisse, et les en dépouiller, c'est leur ôter une partie essentielle de leur être. Ce sont des individus, ce ne sont pas des types. Dans Molière, au contraire, on peut déshabiller tous les personnages, ils sont toujours vrais, ils sont toujours eux. Il ne faudrait pas cependant conclure de là que Molière seul a compris et exprimé l'idéal; Shakespeare l'a compris et exprimé comme lui, mais à sa manière. Molière idéalise des caractères; Shakespeare des individus. Or, de ces deux genres d'observation ni l'un ni l'autre n'était possible dans la comédie d'Aristophane. Chez lui, il ne peut pas y avoir de caractères, mais des portraits seulement et des caricatures dont les originaux sont à l'amphithéâtre. Il ne crée pas ses personnages, il les copie.

Il ne faut pas non plus chercher dans ses pièces des situations, dans le sens du moins où nous comprenons ce mot. Une situation est le résultat d'une passion ou d'un caractère, ou même parfois une rencontre d'incidents fortuits; mais pour qu'elle soit légitime suivant l'art, il faut qu'elle se lie au fond même du drame, et prenne pour ainsi dire racine dans ses entrailles. Dans le poète grec, les situations ne sont qu'une série de cadres particuliers qui s'adaptent, souvent sans nécessité et par conséquent sans ordre, dans le cadre principal où se développe le drame, à travers les mille évolutions d'un dialogue rapide et incisif.

Puisqu'il n'y a dans Aristophane ni caractères, ni situations, ni plan, le plan n'étant que la mise en œuvre de ces données primitives, ce qu'il convient d'examiner successivement, ce sont les cadres généraux et particuliers, et le dialogue, en ajoutant toutefois à cet examen quelques considérations sur le chœur, cette portion de la pièce, où la personnalité du poète, effacée dans tout le reste, est venue chercher un abri et souvent même une tribune.

Les cadres d'Aristophane sont bizarres, extravagants, impossibles. Tel est le jugement de Plutarque, qui n'a été que faiblement contredit sur ce point (1). Le poète est convaincu d'invraisemblance, de faux goût et presque de folie. J'essaierai cependant d'apporter, pour ma part, quelques arguments contre cette sentence, mo-

(1) Parallèle de Ménandre et d'Aristophane.

tivée comme beaucoup d'autres du même genre, sur des apparences bien plus que sur des réalités. On s'en est tenu à la première impression, et l'on n'a pas abordé le fond de la question, qui reste à peu près tout entière à vider. De quoi s'agissait-il pour Aristophane? D'inventer une action et des personnages imaginaires, vrais seulement au point de vue de la philosophie et de l'observation? Non, mais de traduire sur la scène des personnages vivants, connus de tous, presque toujours puissants et illustres, des faits réels, non pas anciens, mais récents ou présents même, d'aborder des questions toutes brûlantes, toutes remplies de passion et de vie. Or, il n'y avait pour le poète aucun moyen de combiner ces événements et ces hommes dans une action vraisemblable. On ne fait pas de la poésie, et de la poésie dramatique moins que de toute autre, avec des gens que l'on coudoie, avec des faits qui s'accomplissent au moment même où vous parlez, et qui ne seront pas finis avec la représentation de votre pièce; ou si l'on en fait, c'est à condition de ne pas introduire de force ses personnages dans une action visant au sérieux, laquelle sera toujours, quels que soient les efforts du poète, rebelle à l'illusion et à la vraisemblance, mais de les placer avec bonheur dans un cadre de pure fantaisie, qu'on accepte alors pour ce qu'il se donne, c'est-à-dire pour de la fantaisie, et rien de plus.

C'est ce qu'a fait Aristophane. Ne pouvant, sous peine d'abdiquer son art et son génie, se renfermer dans les strictes limites du vrai, ni construire avec les éléments dont il disposait des pièces régulières et vraisemblables, il a développé sa puissance d'invention dans le seul sens où il le pouvait, et, tout en obéissant, par instinct plus que par raisonnement peut-être, à cette loi du point de vue qui régit tous les arts, il a fait preuve d'une imagination aussi forte que brillante et féconde. C'est à cette loi qu'obéit Eschyle, lorsque, voulant peindre le triomphe des Athéniens sur les Perses, il transporte la scène de sa tragédie chez les vaincus, et présente ainsi aux yeux de ses concitoyens, non le tableau banal de leur joie, mais — idée sublime qu'un poète médiocre n'eût jamais eue! — la douleur de leurs ennemis, le désespoir des mères, la honte des guerriers, ce funeste retentissement de toute victoire, qui pourtant double l'allégresse et l'orgueil des vainqueurs.

La légitimité de la fantaisie une fois reconnue, à quelles conditions acceptera-t-on les inventions d'Aristophane? On n'aura, je crois, à leur demander que d'être comiques, variées, et d'exprimer une idée. Tel est précisément le caractère des cadres de notre poète; ils ont de plus le mérite d'aider à l'intelligence de sa pensée en la matérialisant. Sans doute quelques-unes de ces allégories étaient bien plus transparentes pour les Athéniens que pour nous, celle des Oiseaux, par exemple, où la scène se trouve transportée parmi les habitants de l'air, entre la terre, séjour des hommes, et le ciel, séjour des dieux, vaste matière à interprétations contradictoires, où il n'aurait peut-être fallu voir qu'une raillerie contre les hommes progressifs de ce temps, gens qui, aux yeux du poète, ami déclaré de l'immobilité politique, ne dédaignent que le réalisable, et bâtissent en l'air l'édifice de leurs systèmes. Mais qui ne reconnaîtrait dans les Nuées les creuses et mobiles rêveries des sophistes? Dans les Guèpes, l'aiguillon toujours prêt de ces honnêtes citoyens qui, dans Athènes, ne vivaient que de procès? Il est d'ailleurs à remarquer que ces deux pièces, sauf la forme fantastique du chœur, ne sortent pas des bornes du possible, sinon du vraisemblable, et que dans celles dont le cadre est tout-à-fait merveilleux, comme les Oiseaux, les Grenouilles, la Paix, où l'on voit un bon vigneron monter au ciel sur un escarbot, pour y chercher sa déesse, enfouie dans un grand trou, le poète a soin de faire intervenir les Dieux, dont la présence légitime jusqu'à un certain point l'emploi de ces moyens extraordinaires.

Il y a quelques-unes de ces pièces (1) où les femmes jouent le principal rôle, non pas individuellement, mais toutes ensemble, et deviennent entre ses mains un instrument contre les sottises ou les vices des hommes. Mais fidèle à sa mission de satirique, il a bien soin de retourner contre elles-mêmes l'aiguillon dont il les arme, de faire, en un mot, ce qu'ont fait la plupart des poètes de l'antiquité, qui presque tous ont maudit ou ridiculisé les femmes.

Il n'est pas indifférent de remarquer la marche suivie par Aristophane dans la création de ceux de ses personnages qui ne sont ni des hommes ayant vie et renommée, ni des dieux, ni des êtres allégoriques. Ces personnages n'ont pas, pour ainsi dire, de vie qui leur soit propre; le poète les crée pour concourir à la démonstration de son idée, les façonne de sa main puissante, et les brise comme des jouets, quand ils

(1) Lysistrate, les Harangueuses, les Femmes à la fête de Cérès.

ont cessé de lui être utiles. Ils sont donc les représentants d'une idée, et non d'un caractère, ce qui établit une différence profonde entre Aristophane et Molière, par exemple, et l'on sent, à les voir agir, à les entendre parler, que ce qui les anime, ce n'est point la passion humaine, cet agent mobile et tout intime, mais le souffle en quelque sorte extérieur du poète. Ceci n'est point un blâme; je crois avoir prouvé que l'ancienne comédie, dans les conditions de personnalité où elle se trouvait placée, ne pouvait se mouvoir à l'aise que dans les limites indéfinies de la fantaisie. Dans ces vagues espaces Aristophane a semé des trésors d'imagination, et l'on demeure frappé d'étonnement, à la lecture de ses comédies, en voyant la prodigieuse variété de ses inventions comiques. Sans doute elles ne sont pas dans le goût moderne, encore moins dans le goût français (1); mais elles plaisaient aux Athéniens, ce qui est bien quelque chose. Ce même peuple, qui allait puiser à la représentation des tragédies de Sophocle des émotions à la fois si graves et si pures, ne dédaignait pas de rire des folles inventions du poète comique, et

(1) La Tempête, pièce fantastique, est, dit-on, de tous les drames de Shakespeare celui que les Anglais préfèrent.

notamment de ce stupide vieillard appelé *Démos* qui n'était autre que le peuple lui-même (1).

Au reste Aristophane se rend justice. « Ma comédie, dit-il au public par la voix du chœur, se produit confiante en elle-même et en ses vers. Mais, tout grand poète que je suis, je n'ai pas pour cela plus d'orgueil; et loin de chercher à vous tromper en vous présentant deux ou trois fois les mêmes choses, j'invente sans cesse de nouvelles formes, sans aucune ressemblance entre elles, et toujours agréables. Moi qui, lorsque Cléon était debout dans toute sa puissance, l'ai frappé au ventre, devenu timide, je ne me suis point rué sur lui, depuis qu'il gît par terre (2).» Et ailleurs, parlant de lui-même aux Athéniens: « Il vous a construit un grand art, vaste édifice flanqué d'expressions magnifiques, de pensées et de plaisanteries sans trivialité; et jamais il ne raille des particuliers ou des femmes, mais avec une colère herculéenne s'attaque aux plus puissants (3). » Il n'y a rien à ajouter, sur

(1) Les Chevaliers.

(2) Les Nuées, v. 544-551.

Le poète fait ici allusion à la mort de Cléon, tué près d'Amphipolis, en même temps que le général lacédémonien Brasidas, son vainqueur, l'an 422 av. J. C.

(3) La Paix, v. 749-752.

ce point du moins, à de pareilles citations; Aristophane s'est jugé lui-même et bien jugé.

Dans les cadres particuliers, dans les scènes, si l'on veut, on retrouve absolument le même procédé, la même marche. Il n'y a pas une action proprement dite, s'avançant vers un dénouement plus ou moins prévu à travers une série de situations dont chacune a sa raison d'être, mais une idée qui se développe dans une suite de tableaux, dont le nombre et l'enchaînement sont déterminés, non par le besoin réel de l'action, mais par la seule volonté du poète. Chacun de ces tableaux est le plus souvent une idée matérialisée qui concourt pour sa part à la démonstration de l'idée fondamentale.

Veut-il, par exemple, faire valoir les avantages de la paix, et mettre en relief les effets ruineux de la guerre? Il fait paraître, tantôt un Mégarien, portant deux sacs où sont renfermés suivant lui deux porcs destinés aux sacrifices, et en réalité ses deux filles, qu'il vient vendre à Athènes pour avoir du pain; scène grossière et bouffonne, mais surtout expressive et frappante, où les Athéniens pouvaient voir toute la détresse de leurs voisins, réduits par la guerre à la famine et au désespoir (1) : tantôt un Béotien,

(1) Les Acharniens, v. 729-835.

chargé de toutes les friandises de son pays, dont les sensuels Athéniens sont grands amateurs, et dont jouira celui-là seul qui a su acheter la paix (1). Certes on ne pouvait montrer d'une manière plus ingénieuse et plus appropriée au génie comique tout le tort fait aux deux peuples par l'interruption des échanges commerciaux. Ailleurs il s'y prendra d'une autre façon. Après avoir célébré le retour de la paix dans les chants joyeux des laboureurs, il présentera, par un habile contraste, des fabricants de traits, de trompettes et d'armures, très-mortifiés de la cessation des hostilités qui ruine leur industrie, mais dont l'isolement même est une preuve évidente que cette mesure, funeste à quelques individus, est nécessaire au bien-être de tous (2).

Autre exemple : il s'agit d'Euripide. Aristophane lui reproche l'abus des moyens matériels, et, dans une scène épisodique, développe son idée d'une façon très-plaisante. Ce même citoyen qui a acheté la paix pour son usage particulier, Dicéopolis, est menacé de mort par les Acharniens, qui ne veulent que la guerre. Cependant, comme on lui permet de plaider sa cause, il va

(1) Les Acharniens, v. 860-970.

(2) La Paix, v. 1210-1265.

frapper à la porte d'Euripide, et, à force de cajoleries, lui arrache un à un tous les haillons dont il couvre ses héros malheureux, se sentant, dit-il, venir l'éloquence à mesure qu'il endosse ces lambeaux tragiques. Enfin Euripide impatienté s'écrie : « Tu me prendras toute ma tragédie. » Puis, cédant encore, bien malgré lui, à une nouvelle demande, il ajoute : « Tu me tueras; tiens, prends, c'en est fait de mes drames (1). » Ces deux traits sont d'un comique excellent; ils résument avec une admirable concision toute l'idée de la scène.

Il y a encore une forme qu'on rencontre fréquemment dans Aristophane, et qui rappelle les goûts et les habitudes des Athéniens. Il aime à mettre aux prises deux idées, deux principes, deux intérêts représentés et soutenus par deux personnages opposés de caractère ou de situation, et quelquefois même allégoriques (2). Cette forme heureuse a été souvent imitée par les poètes comiques des autres siècles, et en particulier par Molière; mais dans Molière, cette lutte arrive naturellement et sans efforts, par le seul

(1) Les Acharniens, v. 464-470.

(2) Voyez la lutte des deux Logos dans les Nuées. On peut voir aussi dans les Grenouilles, la dispute entre Eschyle et Euripide, dans les Chevaliers, Cléon luttant contre le charcutier, etc.

mouvement des passions et des caractères, tandis que dans Aristophane elle est, pour ainsi dire, mécanique, et, le plus souvent, convenue et annoncée d'avance. Le poète dit à ses personnages : discutez; et les personnages discutent, ni plus ni moins que s'ils étaient au tribunal, devant les juges, ou à l'assemblée, devant le peuple. Ce fait est caractéristique; il peint toute une époque et toute une nation. Il peut aussi servir à expliquer l'importante place occupée par les discours ou discussions politiques dans l'histoire de Thucydide. L'œuvre de l'historien et celle du poète ne sont qu'un brillant reflet du génie particulier d'Athènes.

Il me reste, d'après le plan que je me suis tracé, à parler du dialogue et du chœur. Tout en tâchant de ne rien omettre de nécessaire, je serai court sur ces deux points, parce que, si je donnais à mon appréciation tous les développements dont elle est susceptible, j'irais bien au delà des limites de ce travail.

Dans Aristophane on trouve, soit à l'état de germe, soit déjà formées, toutes les beautés qui écloront plus tard. La forme du dialogue est créée, on ne s'en écartera plus. D'ailleurs cette forme, si jeune encore, est déjà si parfaite que les poètes des siècles suivants, Molière comme les autres, pourront bien en retrancher beaucoup de choses, mais assurément n'y ajouteront rien. C'est que le caractère le plus saillant d'Aristophane, dans le dialogue comme dans l'invention, c'est la verve, verve féconde et inépuisable dont les jets, souvent désordonnés et vagabonds, souvent aussi sont dirigés par l'art le plus consommé. Cet art même est si évident qu'il est impossible de ne pas se demander, en lisant ces comédies, comment deux qualités en apparence si contraires, l'art et la verve, ont pu se rencontrer à un si haut degré dans un même poète, comment tant de voulu, tant de convenu peut se trouver mêlé à tant d'inspiration. Cette espèce de contradiction disparaîtra cependant si l'on songe au rôle tout politique du poète, aux conditions auxquelles il pouvait espérer le succès, aux difficultés enfin d'une comédie placée entre le sens exquis de l'écrivain et le goût beaucoup moins délicat de la foule.

Aristophane embrasse le domaine tout entier du comique, en met en œuvre tous les moyens, toutes les ressources, depuis le jeu de mots le plus grossier jusqu'aux intentions les plus fines, depuis les élans les plus imprévus jusqu'aux combinaisons le plus savamment préparées, depuis le dévergondage du rire le plus bouffon jusqu'aux délicatesses du plus pur atticisme. On dirait un composé de Rabelais et de Molière. Il n'est donc pas étonnant qu'il ait été généralement admiré dans l'antiquité, chaque esprit différent pouvant trouver dans ses œuvres une nourriture selon son goût. L'exception citée de Plutarque, philosophe moraliste qui défend dans Ménandre un poète moraliste, et attaque avec acharnement dans Aristophane un poète qui ne l'est pas, confirme bien autant qu'elle le contredit ce concert de louanges. Il a beau rabaisser la comédie d'Aristophane, nous n'admirerons pas moins en elle et cette grâce naïve du langage attique, qu'elle seule presque a su conserver, et « cette liberté si féconde » que lui reconnaît Quintilien (1).

Ce n'est pas seulement par la forme que se distingue le dialogue d'Aristophane, ou par le style, ce style si flexible qu'il se prête en même temps, et sans rien perdre de son élégance ni de sa pureté, à l'expression des objets et des idées les plus vulgaires aussi bien qu'à toutes les hardiesses du dithyrambe, c'est aussi par une foule de traits où se révèle une connaissance appro-

(1) Antiqua illa comœdia, tum sinceram illam sermonis attici gratiam prope sola retinet, tum fœcundissimæ libertatis. (Quint. Inst. Orat. liv. 10.)

fondie des choses de la vie, une observation fine et pénétrante, digne à la fois d'un poète et d'un sage. Presque partout chez lui l'élément humain est absorbé par l'élément athénien, la satire générale par la satire locale; aussi ressent-on un double plaisir en découvrant dans ces comédies, vouées à la polémique du moment, ces tableaux frappants de ressemblance dont les originaux sont pris, non dans l'étroite enceinte d'une cité, mais sur la vaste scène du monde. Ces traits d'observation abondent dans Aristophane; il est donc plus difficile de les choisir que de les trouver. J'essaierai cependant d'en citer deux ou trois qui ne sont pas les meilleurs peut-être, mais qui suffiront pour caractériser la manière dont le poète procède.

Strepsiades, paysan grossier, a épousé la fille d'une des plus nobles maisons d'Athènes. Aristophane met fort agréablement en parallèle les mœurs rudes du mari et les habitudes élégantes de la femme, la parcimonieuse simplicité de l'un et le luxe coûteux de l'autre, et montre, quoiqu'avec légèreté, les inconvénients de ces unions disproportionnées. C'est une esquisse, si l'on veut, et plutôt une fine raillerie qu'une attaque sérieuse; cependant tous les principaux traits s'y trouvent, et Molière a pu y prendre l'idée et le germe de Georges Dandin. D'ailleurs ce petit tableau, mis dans la bouche du mari lui-même, a beaucoup d'agrément, et produit de l'effet (1).

Mais ce qu'on rencontre le plus fréquemment dans Aristophane, ce sont les traits isolés, d'autant plus frappants qu'ils arrivent inopinément. On s'attend à une plaisanterie, et c'est une vérité grave qui se présente. Tout à coup l'acteur détache son masque, et montre à nu le visage sévère du philosophe, quelquefois même l'amer sourire de l'homme. — Bacchus, descendu aux enfers pour y chercher un poète tragique, est en colloque avec Pluton pour obtenir ce qu'il demande. Tandis que tout le royaume des ombres s'émeut et s'agite sur la question de prééminence entre Eschyle, Sophocle et Euripide, Xanthias, esclave de Bacchus, et Eaque, l'un des juges soumis au pouvoir de Pluton, causent tranquillement de ce qui se passe à l'intérieur. Eaque clôt ainsi la conversation : « Rentrons; car lorsque nos maîtres font quelque chose avec passion, des coups nous attendent (2). » Partout où il y a des faibles et des forts, des gens qui obéissent et des gens qui commandent, on peut vérifier la

(1) Les Nuées, v. 41-80.

(2) Grenouilles, v. 812-13.

justesse de cette observation, qui semble recevoir de sa généralité même plus d'énergie et de profondeur. — Dans cette même pièce, Bacchus, sur le point d'entreprendre son voyage infernal, arrête un mort qu'on porte au bûcher, et lui demande de prendre avec lui son bagage, dont Xanthias refuse de se charger. On discute longuement sur le prix, et Bacchus finit par proposer neuf oboles. « J'aimerais mieux revivre, » répond le mort (1). On peut rire de ce mot; mais qu'on ne le sonde pas, le rire s'effacerait des lèvres et les larmes viendraient aux yeux. Où l'Athénien a-t-il donc pris ce fiel, cet amer dédain de la vie? Où Eschyle prenait son Prométhée, Sophocle son Œdipe : dans l'éternelle tristesse de l'homme et de sa destinée.

Le chœur, ai-je dit plus haut, était l'asile où se réfugiait la personnalité du poète; et cela est si vrai que la comédie, en perdant la liberté de tout dire, se dépouilla en même temps de ses chœurs. Se retirant de plus en plus du libre domaine de la fantaisie pour se renfermer dans le cercle de la vie commune, qu'avait-elle à faire du chœur, désormais borné à l'expression de l'enthousiasme lyrique? Toutefois les poètes ne

(1) Grenouilles, v. 177.

purent renoncer si vite à leurs communications directes avec les spectateurs, et ils inventèrent le prologue pour ne point disparaître tout entiers derrière leurs fictions. Mais Aristophane n'en était pas réduit à ces expédients mesquins. Il élevait tribune contre tribune, celle du théâtre contre celle de l'agora, et du haut de ses planches haranguait le peuple avec autant d'assurance et d'autorité que son adversaire Cléon, « cette vorace baleine dont la voix ressemblait à celle d'un porc que l'on grille (1). » Il parlait des affaires de l'état et des siennes avec l'aplomb d'un homme sûr de son fait, et, bien plus libre que ses rivaux de la place publique, dédaignait les précautions oratoires comme indignes de lui. Voici un de ses débuts : « Et maintenant, peuples, écoutez, si vous aimez à entendre la vérité sans déguisement; car il prend en ce moment fantaisie au poète d'accuser les spectateurs (2). » Il y a bien loin de ce ton à quelque grossière plaisanterie des prologues de Plaute.

J'ai cité des passages de ses chœurs où il se juge lui-même écrivain de courage et de génie; ailleurs il apprécie sa valeur comme moraliste

(1) Guêpes, v. 37.
(2) *Ibid*, v. 1015.

politique. Il faudrait transcrire tout entier un passage remarquable des Acharniens (v. 626-665) où il énumère à ses concitoyens tous les avantages qui résultent pour eux de sa franchise, de cette noble hardiesse dont il use pour leur faire entendre des vérités souvent désagréables, mais toujours utiles. Ces louanges qu'il s'adresse portent le cachet de la sincérité, et nous devons supposer que les Athéniens en reconnaissaient la justesse, puisqu'ils écoutaient avec faveur la voix de leur poète, quand il osait parler de lui-même comme la postérité seule a le droit de parler des grands hommes. Ce qui justifie Aristophane de ce manque apparent de modestie, ce sont les nécessités de la lutte, ce sont les attaques de ses rivaux et de ses ennemis. En cela encore il ressemble aux orateurs, à Démosthène, à Cicéron, aussi souvent contraints de se louer eux-mêmes qu'ils l'étaient d'attaquer leurs adversaires. Il n'y a pas seulement de l'amour-propre dans ces sortes d'apologies. L'homme qui a entrepris de gouverner son pays par la puissance de sa parole, qu'il soit orateur ou poète, a besoin de protéger sa personne contre le mépris, parce qu'il perd avec le respect de la foule le droit, plus sacré pour lui, de s'en faire écouter. Il sacrifierait peut-être sa réputation comme homme; mais la conscience de son devoir et du bien qu'il peut faire l'emporte au-dessus de cette pudeur, si belle, si vénérable d'ailleurs, et il se défend pour conserver un défenseur à ses principes.

Quoique cette partie des chœurs d'Aristophane, où le poète parle en son nom, soit sans contredit la plus intéressante à étudier, il y en a une autre très-remarquable, où se développe, non plus la force oratoire, mais l'inspiration lyrique. Cette inspiration est cependant un des griefs de Plutarque contre notre poète, qui, au lieu de s'enfermer dans les limites du genre, (limites non encore tracées au temps d'Aristophane) a pris souvent à la tragédie le ton religieux et sublime de ses chœurs, mêlant ainsi ce qui doit être séparé, le tragique et le comique. Plutarque, en comparant Aristophane à Ménandre, comme il aurait pu y comparer Philémon, ne s'est pas aperçu qu'il mettait en regard deux poètes différents d'âge, de caractère, de genre, et qu'en voulant les mesurer à une règle absolue, il pourrait être à bon droit accusé de manquer de justice et peut-être d'intelligence. Pour juger sainement deux poètes aussi divers, il fallait les placer dans toutes leurs conditions d'art et de temps, et ne pas reprocher à l'un d'élever parfois son vol jusqu'aux régions les plus hautes, parce que l'autre, pour demeurer fidèle aux exigences d'un art nouveau, a dû ne jamais quitter la terre. Il eût été plus juste d'admirer dans Aristophane un génie lyrique du premier ordre, souple à la fois et puissant, rivalisant tantôt d'enthousiasme et de véhémence avec Pindare, tantôt d'ampleur et de majesté avec le vieil Homère. Le premier de ces deux caractères se trouve au plus haut degré dans ces hymnes alternativement chantés à la fin de la pièce de Lysistrate, (v. 1247-1321) par les Lacédemoniens et les Athéniens, hymnes de paix et de joie où respire le plus pur patriotisme; le second, dans ce chœur des Oiseaux (v. 986-800), où le grave anapeste, interprète d'une mystérieuse cosmogonie, se déroule avec une si majestueuse lenteur. « Au commencement, disent les Oiseaux, étaient le Chaos et la Nuit, et le noir Erèbe et le vaste Tartare; ni la Terre, ni l'Air, ni le Ciel n'existaient encore. » Et le chœur continue sur ce ton, aussi simple que religieux et solennel.

Je ne vois pas ce que la comédie pouvait perdre à ce déploiement de haute et magnifique poésie, à ces vigoureux coups d'aile qui emportaient au ciel le poète, et les spectateurs avec lui. Je serais bien plutôt tenté de croire qu'il y avait profit pour tous à tempérer par ce mélange de nobles inspirations ce que la comédie d'Aristophane, bornée à son ardente et infatigable polémique, aurait eu parfois de trop sec, de trop trivial, et de trop amer.

DEUXIÈME PARTIE.

La comédie d'Aristophane est essentiellement politique (1). Tout le monde est d'accord sur ce point, mais peut-être ne s'est-on pas encore mis assez en peine de rechercher si le poète, en attaquant choses et hommes dans Athènes, a obéi aveuglément à l'impression du moment, souvent

(1) Ce n'est pourtant pas le seul caractère de cette comédie; le poète aborde souvent la critique littéraire, témoin la pièce des Grenouilles, où il apprécie les trois principaux tragiques d'Athènes, Eschyle, Sophocle et Euripide. Je ne parle que de cette pièce, mais on pourrait citer dans d'autres un grand nombre de passages où il remplit cet office de critique, alors dévolu au théâtre. Toutefois, il est bon d'observer que partout, dans Aristophane, les idées littéraires sont subordonnées aux idées politiques.

même, comme quelques-uns le prétendent, à des inimitiés personnelles, ou si au contraire il y a eu de sa part unité de vues et enchaînement logique dans les attaques. Mon dessein n'est pas d'entrer dans une longue dissertation sur ce point; cependant il m'a paru impossible de donner une appréciation complète d'Aristophane, sans examiner quel a été son point de vue politique, et pourquoi il s'est déchaîné contre certains hommes, qu'à la distance où nous sommes d'eux et de leur siècle nous jugeons grands et utiles. La malignité et l'envie, ou des motifs de rivalité et de haine privée, ne suffisent pas pour expliquer de tels faits; et s'il s'agit d'un poète éminent, estimé de ses concitoyens jusqu'à recevoir d'eux une couronne pour récompense de son patriotisme, et de la postérité jusqu'à faire les délices de Cicéron et de saint Jean-Chrysostôme, il faut bien que ce poète ait été de son temps le représentant d'une idée ou tout au moins d'un parti. Un résumé rapide de l'administration de Périclès et des changements introduits par lui dans la république nous donnera, mieux que toutes les conjectures, le mot de cette énigme.

Périclès, qui aspirait au gouvernement d'Athènes, et n'avait pour vaincre les obstacles qu'une arme, arme à la vérité d'une merveilleuse énergie, son éloquence, s'attacha dès l'abord à gagner le peuple et à s'avancer par lui. Toutes les lois qu'il propose ont donc pour but ou de corrompre le peuple ou d'accroître sa puissance; il sait qu'en augmentant la force de l'instrument il augmente en même temps la force du bras qui doit en faire usage. C'est ainsi qu'il distribue aux citoyens les terres conquises, accorde à quiconque assistera aux assemblées publiques un droit de présence semblable à celui que perçoivent les juges, puis fait retirer au sénat la décision des affaires importantes, abaisse l'autorité de l'aréopage, et ne s'arrête que lorsqu'il n'y a plus aucun pouvoir rival entre le peuple qui gouverne l'état et Périclès qui gouverne le peuple. Pendant ce temps les fêtes, les spectacles se succèdent sans interruption, Athènes se couvre de monuments, la poésie et l'art prennent un essor jusqu'alors inconnu; mais les vieilles mœurs disparaissent au milieu de cette transformation éclatante, qui aboutit, pour les Athéniens, à la nécessité de demander des comptes à l'administrateur, et pour l'administrateur, à la nécessité d'en rendre. On prétend que Périclès, pour se soustraire à cet embarras, fit décider la guerre du Péloponèse, dont il ne vit que les débuts, mais dont les effets désastreux se prolongèrent long-temps après sa mort. Ainsi, le pouvoir du peuple élevé sur les ruines de l'aristocratie dans un but de personnalité et d'égoïsme, et non dans l'intérêt d'un principe, le goût du luxe substitué à l'antique simplicité, la corruption et la vénalité introduites dans les mœurs de la république, enfin la guerre, une guerre dévorante où vont s'abîmer la gloire du passé et les ressources de l'avenir, tels sont les résultats de la brillante administration de Périclès. Tels sont aussi les points vers lesquels se dirigent presque toujours les attaques d'Aristophane. Ce n'est point à Périclès qu'il s'en prend, à Périclès mort d'ailleurs et protégé par l'éclat de sa mémoire (1), c'est à l'état de choses dont il est l'auteur, c'est à son influence toujours persistante, c'est à son œuvre qui lui a survécu. Partisan déclaré des anciennes mœurs, des anciennes institutions, il poursuit sans pitié et sans trève tous les déma-

(1) Un passage de Valère Maxime (liv. 8, ch. 9) témoigne du respect des poètes comiques de cette époque pour la gloire et le génie de Périclès : « Veteris comœdiæ maledica lingua, quamvis potentiam viri perstringere cupiebat, tamen in labris ejus hominis melle dulciorem leporem fatebatur habitare : inque animis eorum qui illum audierant quasi aculeos quosdam relinqui prædicabat. »

gogues et tous les novateurs, ces démagogues eussent-ils nom Cléon, ces novateurs, Socrate et Euripide.

Quelques citations du poète éclairciront ma pensée. Voyons Cléon d'abord, Cléon, l'élu du peuple, ce terrible corroyeur dont aucun artiste n'ose faire le masque ni aucun acteur représenter le personnage. C'est un des successeurs de Périclès, un de ces hommes qui poussent à la guerre, parce que pendant la guerre ils sont plus nécessaires et plus observés pendant la paix, ce même démagogue que Thucydide nous peint si dur, si impitoyable (1), sans toutefois lui donner ce langage de cuisinier que lui reproche Aristophane (2). Voilà l'homme que le poète attaque de préférence, par animosité, dit-on, ce qui peut être vrai, mais n'empêche pas cependant de lui supposer encore d'autres motifs, quand on le voit surtout confondre dans une série de virulentes invectives le protecteur et le protégé, le peuple et Cléon. Dans cette pièce des chevaliers dont Cléon est le héros, nous lisons : «Pour » gouverner la république, il ne faut plus être » homme d'esprit cultivé et de mœurs pures, il

(1) Thucydide, liv. III.

(2) Les Chevaliers, v. 211.

» faut être ignorant et scélérat (1).» Et plus loin : « Tu as tout ce qu'il faut pour te concilier l'af- » fection du peuple : une voix formidable, un » caractère méchant, les habitudes de la halle ; » rien ne te manque de ce qui est en usage dans » l'administration de la république (2).» Peut-on rien dire de plus énergique et de plus amer ? Certes celui qui parle ainsi du peuple n'est pas un partisan du pouvoir populaire. Dans les Haran-gueuses, Aristophane attaque même directement un des actes de Périclès dont j'ai parlé plus haut, le droit de présence accordé aux citoyens : « Au- » trefois, dit le chœur, personne n'eût osé se » faire payer pour sa participation aux affaires » publiques ; chacun venait, apportant dans un » sac sa boisson et sa nourriture, qui consistait en » un pain, deux poireaux, et environ trois olives. » Aujourd'hui, semblables à des mercenaires, dès » qu'ils font quelque chose pour la république, » ils exigent un salaire de trois oboles (3).»

Pour compléter la preuve, il est nécessaire d'ajouter qu'Aristophane conseille partout la paix, et traite en ennemis de l'état tous les prô-

(1) Les Chevaliers, v. 191.
(2) *Ibid*, v. 217.
(3) Les Harangueuses, v. 303-310.

neurs de la guerre. Or, la guerre du Péloponèse, dont les embarras particuliers de Périclès purent bien hâter l'explosion, mais qui devait éclater tôt ou tard, se faisait dans un intérêt démocratique autant qu'athénien, tandis que Lacédémone qui, à plusieurs reprises, proposa la paix, représentait le parti oligarchique de la Grèce (1). Aristophane est dans Athènes l'organe de ce parti, qui n'avait rien à gagner et avait tout à perdre à la continuation de la guerre, état violent et par là même favorable aux changements soudains, aux brusques péripéties (2). Si l'on veut une preuve de plus, on peut voir dans les Harangueuses la manière dont le poète raille

(1) Thucydide, liv. III.

(2) Thucydide, liv. III.

Dans un article publié le 15 janvier 1840 par la Revue des Deux Mondes, M. Amédée Thierry reproche, d'après Denys d'Halicarnasse et Tacite, aux gouvernements grecs l'immobilité où ils veulent retenir leurs populations, et les moyens anti-naturels qu'ils emploient pour atteindre ce but. Lacédémone, avec sa constitution ennemie de tout penchant individuel comme de tout progrès social, est le type de ces gouvernements, et il est à remarquer, ce qui vient à l'appui de mes assertions, qu'Aristophane, si bon Athénien cependant, n'attaque jamais Lacédémone. Tout au contraire dans Lysistrate, v. 1112-1188, il exhorte les deux peuples, par le souvenir des services mutuels qu'ils se sont rendus, à cesser une guerre funeste, et, s'ils veulent combattre, à ne combattre du moins que les Barbares.

ceux qui, de son temps, réclamaient pour tous un égal partage des biens et des jouissances, et l'on restera convaincu qu'il n'est partisan ni de la démocratie, ni de l'égalité, ni de rien de ce qui peut porter atteinte à un passé qu'il regrette. Quand je dis qu'Aristophane regrette ce qui a été et part de là pour dénigrer ce qui est, je ne prétends pas cependant qu'il agisse toujours sous l'impulsion de ce sentiment, et ne ramasse pas souvent autour de lui tout ce qui peut prêter à ses sarcasmes, que ce soit ou non le résultat des changements politiques. Soutenir une pareille chose, ce serait nier l'inspiration spontanée, immédiate du poète, qui n'agit jamais avec autant de force que dans l'œuvre comique, dont l'a-propos fait souvent tout le succès, ce serait en un mot soutenir une absurdité. Je n'ai voulu que constater l'idée principale qui circule à travers les ouvrages d'Aristophane, sauf à admettre ensuite toutes les restrictions convenables.

Il me reste à examiner comment Socrate, le plus beau, le plus pur de tous les philosophes de l'antiquité, et Euripide un de ses plus grands poètes, ont pu être livrés sur la scène aux risées de la Grèce entière. Ici encore on retrouve les accusations d'inimitié personnelle. Aristophane hait Euripide, dit-on, parce qu'Euripide est poète tragique, et par conséquent son rival de succès et de gloire; Socrate, parce que le philosophe affiche un profond mépris pour toute comédie, et particulièrement pour la comédie d'Aristophane (1). Je ne sais jusqu'à quel point ces assertions sont vraies; mais je sais qu'examinées de près elles ont peu de poids. Il faudrait admettre, sur la foi de ces bruits plus ou moins fondés, que Cléon, Socrate, Euripide, les trois noms les plus célèbres de tous ceux que le poète attache à son pilori, ne reçoivent de si rudes, de si fréquentes atteintes, que par de misérables motifs de rivalité ou de haine personnelle; à plus forte raison faudrait-il penser que les noms plus obscurs ont été immolés, et, qui plus est, immolés sans danger, à quelque ressentiment d'amour-propre ou d'intérêt froissé. Mais s'il est évident que toutes les attaques du satirique ont un même but, que partout il fait une guerre acharnée aux idées nouvelles, faudra-t-il se refuser à l'évidence, et croire sans réserve à des assertions, vraies peut-être au fond, mais certainement fausses ou tout au moins exagérées dans les conséquences qu'on en tire? Non certes, et ce qu'Aristophane hait surtout dans Socrate, ce n'est pas le con-

(1) Elien, hist. var. ch. 13.

tempteur de la comédie, c'est le novateur en philosophie et en religion. La pièce des Nuées, dirigée tout entière contre lui, offre d'un bout à l'autre l'éloge des anciennes mœurs et la satire des nouvelles, et enveloppe dans une égale réprobation et les Sophistes et Socrate à tort confondu avec eux. Le sens de cette pièce est clair, et les accusations contre Socrate ne sont pas hasardées; si pour nous elles sont injustes et aveugles, elles sont raisonnables au point de vue d'Aristophane. Il avait le regret du passé et non le pressentiment de l'avenir. Au reste tous ses griefs se résument en ces deux vers qui terminent la pièce : « Pousse, jette, frappe, (il » s'agit de Socrate et de ses disciples) pour bien » des causes, mais surtout, sache-le bien, parce » qu'ils ont insulté les Dieux (1). » Dans Euripide, ce qu'il hait, c'est bien moins le rival des poètes comiques que le disciple des philosophes et le propagateur de leurs doctrines. Autrement il n'eût pas ménagé Eschyle et Sophocle; et, malgré quelques sarcasmes, tribut payé au genre de poésie qu'il a embrassé, il les respecte tous les deux, Sophocle, pour sa piété, Eschyle,

(1) Les Nuées, v. 1519. Voir, à ce sujet, dans le Platon de M. Cousin, une note très-remarquable sur le Banquet, vol. VI.

pour son patriotisme. On sent qu'il voit dans Eschyle, ce poète au souffle de Titan, comme il le caractérise lui même (1), l'auteur des Perses, le soldat de Marathon, de Salamine et de Platée. Quant à Euripide, il est pour Aristophane « celui qui dans ses tragédies a voulu persuader aux hommes que les Dieux n'existent pas (2). »

Il y a donc unité de vues, connexité évidente entre les opinions politiques et religieuses du poète et les attaques qu'il dirige contre certains hommes et contre certaines choses. La colère n'a pas cette logique de raisonnement, cette conduite d'ensemble, et la haine personnelle, si ardente qu'on la suppose, ne suffira jamais à expliquer cette continuité d'efforts vers un même but. Ici toutefois se présentent deux objections qui ne manquent pas de gravité. Pourquoi, d'une part, entre les scènes créées par la riche imagination du poète y en-a-t-il un si grand nombre d'étrangères à toute pudeur, et d'une grossièreté, pour ne pas dire d'une saleté révoltante? Pourquoi, d'autre part, raille-t-il si librement, si insolemment les dieux, lui qui fait un crime aux

(1) Les Grenouilles, v. 825.

(2) Les femmes à la fête de Cérès, v. 450-451.

autres de mettre seulement leur existence en doute? Je vais d'abord essayer de résoudre la première de ces deux questions.

J'ai cité, à propos des origines de la comédie, un passage d'Aristote (1), auquel jusqu'ici on n'a peut-être pas assez fait d'attention. « La comédie est née des chants phalliques comme la tragédie des chants dithyrambiques. » L'assertion est claire, précise, mais d'une brièveté toute lacédémonienne, ou plutôt tout aristotélique. C'est un mot jeté brusquement, sans antécédents qui l'annoncent, sans explication qui le suive. Cependant ce mot renferme toute l'histoire de la poésie tragique et de sa sœur la poésie comique, et donne la raison de leurs rapports comme de leurs différences. Elles sont nées d'un même père, Bacchus, mais (s'il m'est permis de pousser jusqu'au bout cette image, qui exprime clairement ma pensée) elles n'ont pas eu la même mère. L'une, grave, touchante, et d'une beauté idéale, a reçu le jour d'une épouse légitime dans le chaste mystère de la couche nuptiale; l'autre, vive, pétulante, d'une beauté plus matérielle et quelque peu effrontée, date d'une nuit d'orgie, et a dans ses veines du sang de courtisane. La

(1) Arist. Poét. ch. 4.

Tragédie a gardé le ton noble, le sublime enthousiasme du dithyrambe; la Comédie, tout en se faisant l'interprète de la vie et en ralentissant ainsi forcément sa marche, a conservé l'allure lascive, le délire sensuel, la verve brutale du Phallique, ce qui a fait dire sans doute d'Aristophane, comme de plusieurs autres poètes, qu'il composait ses poèmes dans l'ivresse (1). Elles ont l'une et l'autre l'inspiration du chœur, modifiée toutefois suivant la nature de chacune, et la peinture de la vie humaine dont elles se partagent les deux faces. Il ne faut donc pas s'étonner si la muse d'Aristophane n'a pas la réserve pudique d'une vierge athénienne, qui n'a jamais franchi le seuil du gynécée; elle est faite pour la rue, pour le peuple, pour la joie des Dionysiaques, et l'on doit y regarder à deux fois avant de la juger trop sévèrement; car, malgré le sans-gène de sa marche avinée, et l'effronterie de son regard, et la grossière franchise de sa parole et de son rire, elle porte au front cette empreinte religieuse et sacrée dont la mystérieuse antiquité a marqué toutes ses œuvres (1).

(1) Athénée, liv. 10, ch. 9. Il en dit autant du poète lyrique Alcée.

(2) L'antiquité vivait religieusement sur le principe de la reproduction matérielle des êtres; le Phallus, qui en était le sym-

D'ailleurs, pour passer à des considérations d'un autre ordre, le poète était-il bien libre dans le choix de son comique, et, l'eût-il voulu, pouvait-il être chaste? Il est permis d'en douter quand on songe que Cratinus avait été chassé par le peuple pour s'être montré trop réservé dans ses peintures. Ce peuple, *potus et exlex*, suivant l'expression d'Horace, réclamait dans ces jours d'orgie des mets d'une saveur forte plutôt que délicate, et c'était à condition d'être servi selon son goût qu'il passait au poète ses amers sarcasmes ou ses énergiques leçons.

Quant à l'espèce de contradiction qu'on signale entre le respect d'Aristophane pour les Dieux, quand il s'agit des autres, et la façon cavalière dont il les traite lui-même, j'avoue qu'il y a lieu d'hésiter; mais je crois aussi qu'on peut donner de ce fait une explication plausible, sinon rigoureuse. Aristophane, on doit le supposer, ne pensait pas que les Dieux pussent s'offenser d'une licence qu'eux-mêmes avaient permise; il usait d'ailleurs de son privilége en raillant

bole, était promené triomphalement dans les fêtes. Il est donc évident que les anciens ne voyaient pas dans ces allusions fréquentes à des images grossières ce que nous autres modernes, nourris dans le spiritualisme chrétien, pouvons et devons nécessairement y voir.

dans ses comédies, ornements de leurs fêtes, ces mêmes Dieux qu'il adorait dans son cœur, qu'il respectait du moins comme les gardiens des antiques traditions et les protecteurs d'Athènes, et que sans doute, au sortir du théâtre, il courait honorer d'un pieux sacrifice. Rome n'avait-elle pas ses saturnales, jours de grâce où l'esclave, tremblant toute l'année devant le fouet pendu à l'entrée de l'escalier, osait relever la tête et reprocher impunément à son maître ou ses ridicules ou ses vices? Aristophane était l'esclave des Dieux; n'avait-il pas à ce titre son franc parler, son droit à liberté de Décembre (1)? En outre il est présumable qu'il mettait une grande différence entre la plaisanterie du poète, qui ne portait aucune atteinte à l'existence de la divinité attaquée, et le doute, parfois même la négation rationnelle du philosophe. D'un côté il n'y avait qu'irrévérence et irrévérence justifiée peut-être, de l'autre il y avait impiété. Aristophane raillait les Athéniens et il aimait Athènes; n'en pouvait-il dire autantdes Dieux (2)?

(1) Horace, liv. II, sat. 7.

(2) Il ne serait pas difficile de trouver dans le moyen-âge de nombreux exemples à l'appui de ces observations sur l'obscénité d'Aristophane et son irrévérence envers les dieux. D'un côté, nous voyons, dans ces siècles de foi, des farces scanda-

Je terminerai par quelques réflexions sur le caractère moral de la comédie d'Aristophane. On trouve bien chez lui, et j'en ai fait la remarque en parlant du dialogue, un certain nombre de traits qui révèlent une connaissance déjà avancée de la vie; mais c'est l'exception. Aristophane est le poète des faits; politique, religion, morale, littérature, il juge tout, il s'empare de tout, il résume tout, mais seulement par son côté matériel. Il n'est pas un fait dont il ne se fasse une arme, soit pour attaquer, soit pour se défendre. Il est l'homme de son époque, le poète athénien par excellence, et il serait étonnant que Platon, pour faire connaître Athènes au tyran de Syracuse, lui eût envoyé de préférence les œuvres de tout autre de ses contemporains. Cette prédilection pour le fait se retrouve, non seulement dans

leuses, appelées Fêtes des Fous, Fêtes des Anes, etc., se passer dans l'église même, sous les yeux des prêtres, et parodier les plus saints mystères de la religion. Ces gens croyaient cependant; ils croyaient même en se livrant à ces débauches impies, personne n'en doute. D'un autre côté, bien des figures grotesques, bien des scènes grossières ou obscènes subsistent encore, sculptées en pierre, dans nos vieilles cathédrales, et l'on ne peut penser qu'elles aient été placées là par pur caprice, ou qu'elles y fussent restées si l'on en eût reconnu l'inconvenance. Ce qui était souffert au moyen-âge, dans l'art chrétien, ne pouvait-il l'être dans la poésie antique, surtout au milieu des fêtes licencieuses de Bacchus?

l'ensemble de ses conceptions, mais dans les plus petits détails. Aussi y a-t-il dans ses pièces un luxe de sensualité fort remarquable comme expression de mœurs. S'il conseille la paix, et c'est là son thème favori, il ne parle guère aux Athéniens que du bonheur matériel qu'elle peut leur procurer. Il leur offre comme appât tous les plaisirs du corps, toutes les jouissances, même les plus grossières. Les raffinements de la cuisine athénienne comme les plus secrets mystères du lit conjugal sont étalés sur la scène aux yeux des spectateurs. Jamais, à aucune époque de l'histoire des lettres, moyens plus matériels n'ont été mis au service d'une idée. Pour se convaincre de la rigoureuse exactitude de ce jugement, il faut, quand on a étudié avec soin les ouvrages d'Aristophane (je parle de ceux que le temps nous a légués dans leur intégrité), qu'on en a compris et défini les divers éléments, il faut jeter un coup-d'œil, quelque rapide et superficiel qu'il soit, sur les fragments conservés de ses pièces, et alors on est étonné de n'avoir pas été frappé à un degré suffisant de deux choses qui maintenant vous semblent absorber toutes les autres, c'est-à-dire, d'une part, de l'absence presque totale du sens moral, de l'autre, de la matérialité des détails. Contre la règle ordinaire, ici l'inconnu sert à expliquer le connu et à l'éclairer. Et s'il est vrai de dire qu'après une lecture sérieuse des comédies restées intactes du poète, on peut aisément se figurer le caractère des fragments, il ne l'est pas moins de prétendre qu'un juge éclairé eût pu, à défaut de tout monument complet et même de toute critique antérieure, déduire du seul caractère de ces fragments le caractère moral de la comédie d'Aristophane. Que nous en reste-t-il en effet? Quelques titres de pièces, quelques vers ou parties de vers conservés comme curiosités par des grammairiens ou des compilateurs. Le plus souvent ce sont des mots seulement et des locutions tombées en désuétude, que l'on cite à titre d'archaïsmes, comme nous citons les termes vieillis et les tours étranges ou inusités de nos vieux poètes. Pas une pensée morale, pas une sentence ou utile ou élevée n'est restée gravée dans la mémoire des hommes ou n'a été consignée dans leurs ouvrages. Aristophane triomphe dans le domaine des faits, dans la politique, dans le présent, dans ce qui vit aujourd'hui et mourra demain; mais l'avenir, c'est-à-dire ce qui dure, n'est pas à lui. Sans doute on peut objecter qu'il nous est arrivé comparativement intact, si l'on pense à ce que le temps a fait des œuvres de tous ses rivaux.

Toutefois, c'est là un pur hasard, mais un heureux hasard; car s'il eût été perdu comme les autres, que resterait-il de lui? Un nom à ajouter à la liste de tous ces poètes qui n'ont été admirés que pour la beauté plastique de leurs œuvres, et que nul n'a songé à feuilleter pour y chercher des consolations dans ses peines ou un guide dans les rudes sentiers de la vie. Ce fut donc un heureux hasard, puisque, s'il est évident pour nous qu'on eût pu juger, en étudiant les fragments, de ce qui manque du côté moral à Aristophane, on n'aurait pu, dans aucun cas, recomposer sur des données aussi incomplètes le plan de quelqu'une de ses pièces perdues. Ce que j'ai dit, dans la première partie de ce travail, des procédés de composition du poète suffit pour prouver l'inutilité de toute tentative de ce genre. Ainsi, je le répète, Aristophane est le poète de la matière, ce qu'à défaut de démonstration positive démontreraient négativement ses fragments. Sans doute il n'est pas besoin d'une étude bien attentive pour découvrir ce qui se montre à chaque page, je dirais presque à chaque vers dans sa comédie; mais dans cette comédie il y a tant de mouvement et de vie, la matière, qui y règne en souveraine, s'y produit avec tant de luxe et d'éclat, qu'on se fait aisément illusion, et qu'on oublie de demander une âme à ce corps si beau. Il faut, tout charmé, tout ébloui, redescendre, si l'on peut ainsi parler, au milieu des ruines de ce brillant génie, et alors la vérité vous apparaît tout entière, car ce n'est plus la vie, c'est la mort, et la mort ne ment pas!

Doit-on conclure de ce qui précède qu'il n'y a aucun idéal dans Aristophane? Non, Aristophane a son idéal; mais il n'est pas celui de Sophocle, ni de Shakespeare, ni de Molière. A travers l'enveloppe matérielle du visible, du palpable, du fini, il ne voit pas, comme ces rois de la poésie, l'invisible, l'impalpable, l'infini, c'est-à-dire le beau; il tire de lui-même son idéal, et le met tout entier dans la forme. Il va de l'idée au fait, non du fait à l'idée. Son génie poétique ressemble plus à cette lumière physique, qui découvre et fait resplendir la forme extérieure des corps, qu'à cette lumière intellectuelle qui les pénètre et les idéalise. C'est un politique, ce n'est pas un philosophe. Enfin, son succès dans son temps tient à la fois à la grandeur de sa nature de poète et au caractère positif et local de sa poésie : de ces deux choses la postérité lui a pardonné la seconde en faveur de la première.

Je suis arrivé à la fin de mon travail, moins satisfait de ce que j'ai dit qu'effrayé de ce que je n'ai pas pu ou n'ai pas su dire. Toutefois, quelque inférieur à sa tâche qu'ait pu se montrer le critique, le poète n'y perdra rien. Il restera aux yeux des hommes un de ces génies privilégiés qui ont su revêtir des plus riches développements de la poésie la vie commune avec ses détails les plus vulgaires, un de ces écrivains d'une puissante originalité qu'il est impossible de séparer des circonstances où ils se sont produits, qu'on aime, qu'on admire, qu'on étudie et qu'on médite, mais qu'il faut bien se garder d'imiter.

FIN.

APPENDICE.

DES REPRISES DE QUELQUES-UNES DES PIÈCES D'ARISTOPHANE.

Aristophane était en même temps homme politique et poëte. Politique, il n'avait de valeur et de force que par l'unité des vues et la constance des opinions; ses idées devaient donc être en petit nombre et se reproduire sans cesse. Poëte, il était tenu au contraire d'inventer toujours de nouveaux cadres, des formes toujours nouvelles. Il déclare lui-même, dans un passage déjà cité (1), qu'il ne s'est jamais soustrait à cette obligation, et il dit vrai sans doute, car il ne pouvait mentir impunément. Aussi trouve-t-on tout à

(1) *Nuées*, v. 544. — Cf. Bœckh, Gr. Trag. Princ. p. 25.

la fois dans les comédies d'Aristophane une grande monotonie d'idées et une grande variété de formes. On est donc en droit de conclure, et de sa propre déclaration, et des devoirs que lui imposait son double caractère de politique et de poëte, que jamais, lorsqu'il remettait sur la scène un de ses drames, il n'en changeait le titre, et que celles de ses comédies qui semblent se reproduire avec des titres différents sont bien réellement des pièces distinctes. Si Molière et d'autres poëtes dramatiques ont pu reprendre, dans la maturité de l'âge, pour les modifier ou les compléter, des sujets qu'ils avaient ébauchés dans la jeunesse, c'est que, n'étant pas des politiques, mais des poëtes, ils étaient dans leur droit. Ils s'adressaient d'ailleurs à un public qui, ne connaissant pas l'ébauche ou l'ayant oubliée, voyait l'œuvre seule et la jugeait. Aristophane ne pouvait agir ainsi. Il avait de l'influence sur les Athéniens, mais à une condition, c'était de les amuser toujours. Son idée ne variant pas, il était obligé, pour déguiser ce qu'elle avait d'immuable, d'en varier incessamment le costume, et d'employer toutes les ressources de son art pour faire accepter, au moyen de ces diverses métamorphoses, ce qui au fond ne changeait jamais. Or, voici quel était ce fond immuable. Aristophane haïssait ces innovations qu'il retrouvait partout, dans la démocratie établie par Périclès, dans l'éducation des jeunes gens, dans les doctrines des philosophes, dans les inventions des poëtes, et il ne voyait qu'un moyen d'en arrêter les progrès, le rétablissement de la paix. Là est tout

Aristophane ; c'est là qu'il faut chercher les raisons de ce qu'on pourrait appeler sa conduite dramatique ; c'est par là qu'on peut expliquer les différences de quelques-unes de ses comédies qui portent les mêmes titres, la ressemblance de quelques autres qui portent des titres différents.

Quant aux pièces qui ont le même nom, il est évident qu'elles ont dû avoir aussi le même cadre, puisque toujours dans Aristophane le titre est l'expression du cadre, qui donne au drame sa forme distinctive, et non de l'idée, qui peut être la même en des ouvrages divers. Dans *les Acharniens*, *les Chevaliers*, *les Nuées*, *les Guêpes*, *les Oiseaux*, *les Thesmophoriazuses*, *les Grenouilles*, *les Ecclésiazuses*, c'est le chœur qui fournit le titre, et le chœur, c'est le vrai cadre de la pièce, puisqu'il en est la partie persistante, à laquelle viennent se rapporter toutes les autres parties du drame, qui ne sont pas toujours rattachées les unes aux autres par un lien nécessaire. Dans *la Paix*, dans *Lysistrate*, dans *Plutus*, le titre se tire du nom du principal personnage, c'est-à-dire du cadre ; car dans ces trois pièces l'action tout entière roule sur la Paix, sur Lysistrate, sur Plutus. On pourrait objecter que la Paix est une idée. Dans la pièce qui porte ce nom, ce n'est pas une idée abstraite ; c'est un être vivant, une divinité, une personne enfin. C'est comme personne qu'elle donne son nom au drame. Le titre est donc simplement l'expression du cadre, et il n'en pouvait être autrement. C'eût été une maladresse grossière d'annoncer une idée politique dans le titre d'une pièce (1); on l'eût discutée et jugée en dernier ressort avant que le poëte eût pu arriver à son but. Il eût été encore moins habile de la part d'Aristophane, dont toutes les chances de succès reposaient sur la variété de ses inventions, d'annoncer une pièce nouvelle sous un titre connu, sous un titre illustré déjà par un triomphe ou compromis peut-être par un revers. D'un autre côté, pouvait-il changer le titre en conservant le cadre? Non, il eût ainsi trompé les Athéniens, et il déclare qu'il ne les a jamais trompés. Il pouvait donc et devait reproduire ses idées avec un nouveau cadre et un nouveau titre, mais non présenter deux idées ou deux cadres différents sous un même titre. Les rapports qu'on remarque entre certains fragments d'Aristophane et certaines de ses pièces restées intactes tiennent à l'idée politique, qui chez lui ne varie pas. Les différences entre les pièces qui portent le même nom tiennent à des causes que je vais tâcher d'exposer brièvement.

Aristophane remettait sur la scène des ouvrages qui y avaient déjà paru, et il y faisait des changements que de nouvelles circonstances avaient rendus nécessaires. Il n'y a rien là que de naturel. L'ancienne comédie vivait d'à-propos, de personnalités, et rien ne se refroidit aussi vite qu'une personnalité. L'homme puissant qu'on attaque aujourd'hui, où est-il demain?

(1) Aristophane, en intitulant une de ses pièces, *la Paix*, n'apprenait rien au public sur son opinion et ne disait pas s'il prenait parti pour ou contre.

Il est mort, il est déchu, il a changé de parti peut-être. Or, d'une année à l'autre, ou seulement entre deux dionysiaques, combien de changements avaient lieu dans l'inconstante Athènes ! Aristophane devait donc, quand il reproduisait un de ses drames, retrancher des personnalités qui avaient vieilli, et en ajouter d'autres qui fussent plus neuves et plus piquantes. Qu'Eschyle ou Sophocle, après plusieurs années, remissent au théâtre leurs tragédies, Ménandre ou Philémon, leurs comédies, ils n'avaient pas un mot à changer. Ils n'écrivaient pas seulement pour la cité, ils écrivaient pour le monde. Aristophane, lui, ne voyait qu'Athènes (1).

Maintenant quels motifs a pu avoir Aristophane pour reproduire des pièces déjà jouées ? Cela ressortira clairement, je l'espère, de l'examen des diverses comédies qu'on suppose, d'après les grammairiens ou d'autres écrivains de l'antiquité, avoir été jouées plusieurs fois. Les deux premières que je me propose d'étudier sont *les Nuées* et *la Paix*, chacune d'elles représentant un côté de l'idée politique d'Aristophane, qui poursuit, dans *les Nuées*, Socrate et tous les novateurs, et vante, dans *la Paix*, les avantages du repos. J'examinerai ensuite *Plutus*, pièce reprise dans des circonstances toutes particulières, qui tiennent à l'histoire du théâtre d'Athènes, puis *les Thesmophoriazuses*, titre unique donné à tort à deux pièces distinctes, et enfin le *Gérytadès*, dont l'idée et le cadre

(1) Il est à noter que pas une seule des pièces représentées deux fois ne nous est parvenue sous ses deux formes.

ont été confondus, malgré des différences radicales, avec l'idée et le cadre des *Grenouilles* (1).

LES NUÉES. Cette pièce est la plus célèbre de toutes celles d'Aristophane, et parce qu'il y attaque Socrate, et parce qu'elle est en effet, au dire des anciens et d'Aristophane lui-même, celui de tous ses drames qu'il a travaillé avec le plus de soin (2). Néanmoins elle n'eut aucun succès à la première représentation; elle fut reprise, et n'en eut pas davantage (3). Ecoutons là-dessus Aristophane : « Spectateurs, je vous dirai franchement la vérité, oui, par Bacchus, qui m'a élevé! Puissé-je aussi réellement être vainqueur et passer pour habile, qu'il est vrai que je vous croyais des connaisseurs, et regardais cette comédie comme la meilleure de toutes les miennes, lorsque je crus devoir une première fois soumettre à votre goût un ouvrage qui m'avait coûté tant de soins! Eh bien! je me retirai vaincu par des hommes méprisables, sans l'avoir mérité (4). »

Ainsi Aristophane échoua à la première représentation, c'est un fait hors de doute. Ce qui n'est pas moins certain, c'est que nous avons la seconde édi-

(1) Athénée cite une seule fois la seconde édition de l'*Aeolosicon*, III, p. 372 A. Son assertion est réfutée par Bergk, dans Meineke, vol. II, p. 900.

(2) Argument des *Nuées*. Τὸ δὲ δρᾶμα τῶν πάνυ δυνατῶς πεποιημένων. — *Nuées*, v. 521-23.

(3) Argument des *Nuées*.

(4) *Nuées*, v. 518-25. Ces rivaux étaient Amipsias et Cratinus. Κρατῖνος μὲν ἐνίκα, Πυτίνῃ, Ἀμειψίας δὲ Κόννῳ. Argum. des *Nuées*. — Cf. Parabase des *Guêpes*, v. 1015 et suiv.

tion des *Nuées*. Mais cette seconde édition fut-elle jouée? Et, si elle le fut, en quelle année? Ici se présentent des doutes, des obscurités, et des opinions contradictoires. Bothe prétend qu'il n'y eut qu'une représentation suivie de corrections, et qu'il est impossible de prouver qu'il y en ait eu deux (1). Son assertion étant toute négative, je passerai outre. La première représentation eut lieu sous l'archonte Isarchus, olymp. LXXXIX, 1 (2), date qui n'est pas contestée; la seconde, sous l'archonte Aminias, l'année suivante, olymp. LXXXIX, 2 (3). Telle est l'assertion de l'auteur de la préface grecque déjà citée. Elle est contredite par le critique allemand Bergk, qui place cette seconde représentation olymp. XCI, 1 (4). Ce qui semble surtout avoir motivé l'opinion de Bergk, c'est le rapport qu'on remarque entre certains passages des *Nuées* et des faits qui n'ont pu avoir lieu qu'à cette époque. De pareilles preuves seraient concluantes, s'il n'était possible d'expliquer comment *les Nuées* ont pu être jouées, pour la seconde fois, l'année qui suivit celle de la première représentation, et cependant offrir la trace d'évènements postérieurs à cette annnée. On peut citer la mort de Cléon (5), arrivée olymp. LXXXIX, 3, et la représentation du *Maricas*,

(1) Bothe, Aristoph. IV, p. 90, note sur l'argument des *Nuées*. — Cf. Bœckh, Gr. Trag. Princ., p. 21. — Cf. Hermann, Préf., p. 20 et suiv.

(2) Argument des *Nuées*.

(3) *Ibid.*

(4) Commentationes de reliquiis comœdiæ atticæ antiquæ, p. 176 et p. 309.

(5) *Nuées*, v. 550.

d'Eupolis (1), joué olymp. LXXXIX, 4. Aristophane parle de ces deux faits dans la Parabase des *Nuées.* Malgré ces contradictions, je crois avoir de justes motifs pour penser que l'auteur de la préface grecque ne s'est pas trompé, et que la seconde représentation a réellement eu lieu l'année qui suivit celle de la première. Aristophane, dans la Parabase des *Guêpes* (2), se plaint de l'échec qu'ont subi *les Nuées.* Or, *les Guêpes* furent représentées olymp. LXXXIX, 2; *les Nuées* l'avaient été pour la première fois l'année précédente (3). Il est tout naturel que le poëte se soit plaint, à la première occasion, de l'injustice éprouvée par celle de ses pièces sur laquelle peut être il comptait le plus. N'est-il pas aussi bien naturel de supposer qu'Aristophane préparait par ses plaintes et ses explications une reprise de la pièce tombée? *Les Guêpes* en effet furent jouées l'année même où l'auteur de la préface grecque place la seconde représentation des *Nuées.* La seule difficulté qu'il y ait, c'est de prouver que *les Guêpes* et la seconde édition des *Nuées* ont pu être jouées la même année, sous l'archonte Aminias, et que *les Nuées* ont pu l'être après *les Guêpes.* Aristophane dit aux Athéniens, dans la Parabase de cette dernière comédie : « Vous m'avez abandonné l'an passé (4). » Ce mot seul fixe la date des *Guêpes* après la première édition des *Nuées.* Mais n'eût-on pas cette

(1) Schol. d'Aristoph. *Nuées,* v. 549. — Cf. Meineke I, p. 139.

(2) *Guêpes,* v. 1015 et suiv.

(3) Argument des *Guêpes.*

(4) *Guêpes,* v. 1044.

déclaration si positive du poëte, il faudrait encore placer la représentation des *Guêpes* entre les deux éditions des *Nuées*. Il serait tout-à-fait invraisemblable qu'Aristophane eût remis sur la scène une pièce tombée, sans avoir fait jouer, avant cette reprise, une nouvelle comédie, qui lui servît en quelque sorte de préface explicative. Ce n'est pas ainsi qu'on lutte contre les préventions d'un public. Il faut, en pareille circonstance, bien plus de ménagements et une tactique plus savante. Mais les dates en diront sur ce sujet plus que toutes les conjectures. *Les Guêpes* furent jouées aux Lénéennes, olymp. LXXXIX, 2 (1). Ces fêtes se célébraient dans les derniers jours du mois Posidéon (2), qui, au temps d'Aristophane, était le sixième de l'année. Des deux concours où les poëtes comiques avaient le droit de présenter tous les ans leurs ouvrages (3), l'un avait lieu à cette époque, l'autre aux dionysiaques de la ville, qui tombaient vers le milieu du mois Elaphébolion, le neuvième de l'année (4). Il

(1) Préface grecque des *Guêpes*· Ἐδιδάχθη ἐπὶ Ἄρχοντος Ἀμεινίου. .... εἰς Λήναια.

(2) Voyez une savante dissertation de Samuel Petit, Leg. Att., p. 42-49. C'est son autorité que j'ai suivie.

(3) Leg. Att. loc. cit. — Cf. Schol. Ach. v. 469.

(4) D'autres confondent les Lénéennes avec les Anthestéries, qui se célébraient à la ville, vers le milieu du mois Anthestérion, c'est-à-dire un mois avant les dionysiaques du mois Elaphébolion, appelées plus spécialement dionysiaques de la ville. En admettant cette hypothèse, on ne trouve plus qu'un mois d'intervalle entre la représentation des *Guêpes* et celle de la seconde édition des *Nuées*, ce qui donnerait bien plus de poids encore à mes conjectures.

est donc évident que la seconde édition des *Nuées* a pu être jouée après *les Guêpes*, cette même année, aux dionysiaques de la ville, et je dirai même, il est certain qu'elles l'ont été, si le témoignage de la préface grecque n'est pas dénué de toute valeur. Les dates et la vraisemblance sont ici d'accord. La reprise ainsi préparée dans la Parabase des *Guêpes* devait nécessairement suivre de très-près la pièce qui l'annonçait. Qu'on mette un intervalle d'un an seulement, et cette préparation devient inutile, car un an, c'est un siècle, quand il s'agit d'un peuple oublieux comme le peuple athénien. D'après le calcul que je viens de faire, il y a entre les deux pièces deux mois et demi tout au plus, d'une fête de Bacchus à l'autre, c'est-à-dire l'intervalle le plus court que permissent les usages et les lois d'Athènes.

Je crois en avoir assez dit sur ce sujet pour prouver mon assertion, autant qu'il est possible de prouver en pareille matière. J'ai maintenant à expliquer les contradictions qui résultent de certains passages des *Nuées*, où il est fait mention d'évènements postérieurs à la seconde année de la quatre-vingt-neuvième olympiade. Arriver sur ce point à une preuve directe et positive me paraît, je l'avoue, à peu près impossible; mais, quand il s'agit de recherches de ce genre, tout ne réside pas dans les faits matériels, et il est certaines hypothèses qui prouvent.

D'abord, la pièce n'a pu être jouée telle que nous l'avons. Dans la première partie de la Parabase, Aristophane parle de Cléon comme mort; dans la seconde, il parle de lui comme vivant (1). Il faut bien, pour que cela soit, qu'un passage ait été intercalé, après la seconde représentation sans doute, puisque, suivant l'auteur de la préface, elle eut lieu avant la mort de Cléon, sous l'archonte Aminias. Cette intercalation supposerait dans Aristophane l'intention de reproduire une troisième fois sa pièce, ce que d'ailleurs confirme un passage de la préface citée. Ce drame, y lisons-nous, est le même que le premier, mais il fut arrangé en partie, le poëte ayant eu le dessein de le remettre à la scène, avec des intentions différentes de celles qu'il avait autrefois, et par conséquent dans de nouvelles circonstances, selon l'interprétation que je donne à ce passage (2). Il est dit plus bas qu'il y eut des retranchements, des additions, que la Parabase fut changée, etc. (3). J'indiquerai quelles ont pu être ces additions. Pour le moment j'insiste sur cette affirmation si claire, si positive de la préface : *les Nuées* furent jouées pour la seconde fois sous l'archonte Aminias (4). Sous l'archonte Aminias les circonstances étaient les mêmes que sous l'archonte Isarchus, pendant la magistrature duquel elles avaient été jouées pour la première fois ; les intentions du poëte ne pouvaient donc être changées. Cléon vi-

(1) *Nuées*, v. 575 et suiv.

(2) *Τοῦτο δὲ ταὐτόν ἐστι τῷ προτέρῳ. διεσκεύασται δὲ ἐπὶ μέρους, ὡς ἂν δὴ ἀναδιδάξαι μὲν αὐτὸ τοῦ ποιητοῦ προθυμηθέντος, οὐκέτι δὲ τοῦτο δι' ἥν ποτε αἰτίαν ποιήσαντος.*

(3) *Τὰ μὲν γὰρ περιῄρηται, τὰ δὲ ἐπιπέπλεκται,... αὐτίκα ἡ παράβασις τοῦ χοροῦ ἤμειπται, κτλ.*

(4) *Αἱ δὲ δεύτεραι Νεφέλαι ἐπὶ Ἀμεινίου ἄρχοντος.*

vait, aussi puissant que jamais. Pourquoi Aristophane, en vue de cette reprise, eût-il modifié son drame? Et s'il l'eût fait, n'eût-il pas annoncé aux Athéniens qu'il avait arrangé sa pièce pour qu'elle pût mieux leur plaire? Mais non, il dit que la comédie qu'il présente au public, et qui a échoué une première fois, est celle de toutes qu'il a le plus travaillée, et qu'il vient se plaindre de l'injustice qu'on lui a faite (1). Il n'y change donc rien en la remettant à la scène; autrement il serait en contradiction avec lui-même. D'où viennent cependant ces remaniements opérés dans sa pièce par Aristophane, et dont *les Nuées* portent des traces évidentes? Des circonstances, qui, ayant cessé d'être les mêmes, ont produit, non pas dans les idées politiques, mais dans la conduite et les sentiments personnels d'Aristophane des changements qu'on retrouve empreints dans son ouvrage. Ce point s'éclaircira par l'examen de cette partie de la Parabase où il est question de la mort de Cléon, du *Maricas* d'Eupolis, et des attaques du poëte comique Hermippus contre Hyperbolus.

Aristophane, après s'être plaint de l'échec subi par *les Nuées*, parle des services qu'il a rendus à son art, en le débarrassant des grossières inventions dont l'avaient souillé ses prédécesseurs et ses rivaux. C'est là

(1) *Nuées*, v. 520 et suiv. — Voyez aussi *Guêpes*, v. 1043 et suiv. « Au milieu de libations multipliées, dit le Chœur, il jure par Bacchus que jamais personne n'entendit de meilleurs vers comiques. » On n'insiste pas autant sur le mérite de ce qu'on est décidé à changer.

qu'il vante sa fécondité d'imagination et la variété qu'il a su mettre dans les cadres de ses comédies. Ses attaques contre les autres poëtes comiques sont générales : ils raillent les chauves, ils introduisent dans leurs pièces des danses lascives, telles que *la Cordace*, etc. Jusque-là tout va bien, et ces traits qui tombent sur tout un théâtre ne marquent pas une époque déterminée. Les difficultés commencent au vers 549, ὅς μέγιστον ὄντα, etc. Mais si, à partir de ce vers, on en retranche onze, et qu'on reprenne au vers 560, ὅστις οὖν τούτοισι, il n'y a plus aucune difficulté (1). Les idées se suivent, et les faits contradictoires disparaissent. La seconde partie de la Parabase, où l'on parle de Cléon comme vivant, s'unit à la première, où l'on parle de lui comme mort; elle la continue, elle l'achève, et la pièce a pu être représentée telle que nous l'avons. Mais pourquoi Aristophane, après le second échec des *Nuées*, eût-il introduit dans sa pièce ces onze vers? L'explication de ce fait me semble facile. Aristophane parle, dans cette première partie de la Parabase, de la révolution qu'il a faite dans l'art comique (2); il cite des choses communes, à ce qu'il semble, à tous les poëtes de l'ancienne comédie. En proclamant ainsi son mérite, il obéissait moins aux conseils de la vanité qu'à une sorte de nécessité. Il venait d'échouer, et reproduisait la pièce tombée; n'é-

(1) Il faut excepter une allusion qui se trouve au vers 830. Aristophane appelle Socrate, ὁ Μήλιος, ce qui a fait placer la date des *Nuées* après la condamnation de Diagoras. Voyez plus bas.

(2) Cf. Parab. de *la Paix*, v. 739 et suiv.

tait-il pas tout naturel qu'il vantât ses services et cette supériorité sur ses rivaux qu'on avait méconnue? Après un second échec, et plusieurs années d'intervalle, il corrige son drame pour l'approprier aux circonstances nouvelles où se trouvent et la république et lui-même. Pendant ce temps, des faits se sont passés qui lui permettent de relever par des preuves positives sa valeur personnelle et l'excellence de son génie poétique. Il s'en empare, il les ajoute aux assertions générales qu'il a précédemment émises. Ses rivaux sont des hommes sans conscience et sans noblesse de caractère? Lui, adversaire impitoyable de Cléon, pendant sa puissance, il l'a respecté depuis qu'il est par terre. Ses rivaux, a-t-il dit dans la seconde édition de sa comédie, ne connaissent qu'un grossier comique, et cherchent à tromper les Athéniens en leur donnant comme neuves des formes usées, tandis que lui, Aristophane, il présente au public des formes toujours nouvelles et toujours agréables? Il va le prouver maintenant. Depuis les secondes *Nuées*, Eupolis, dans son *Maricas*, a reproduit l'idée et le cadre des *Chevaliers*. Eupolis a volé Aristophane, qui ne vole personne, pas même Aristophane. Eupolis a fait danser *la Cordace* à l'un de ses personnages; n'est-ce pas une preuve à l'appui de l'accusation qu'Aristophane a lancée plus haut contre tous les poëtes de son temps? Eupolis du reste n'est pas le seul qui mérite ces reproches. Qu'Hermippus attaque Hyperbolus (1), tous

(1) La pièce d'Hermippus a pour titre : Ἀρτοπώλιδες. Voyez Meineke I, p. 99. Sur *le Maricas*, voyez le même, p. 137 et suiv.

les poëtes comiques se jettent sur Hyperbolus, sans négliger de voler Aristophane. On peut comparer aux imputations générales qui se trouvent au commencement de la Parabase des *Nuées*, celles qui sont exprimées dans la Parabase de *la Paix*. Elles ont absolument le même caractère. On en conclura avec raison qu'elles sont de la même époque. En effet, *la Paix* fut jouée, la première fois, olymp. LXXXIX, 3, un an après la seconde édition des *Nuées*. Si Aristophane eût pu, avec quelque apparence de raison, distinguer un nom entre tous les autres, il l'eût cité sans doute. Ainsi les citations qui se pressent dans ces onze vers des *Nuées* sont postérieures à l'époque où l'on jouait *la Paix*, et par conséquent à la seconde édition des *Nuées*. Les faits y sont si nets, si précis, et ce qui précède est si vague, le poëte y semble tellement avoir pris le parti de ne nommer personne, parce que sans doute il eût fallu nommer tout le monde, qu'il est impossible, à mon avis, de ne pas conclure qu'Aristophane, retouchant sa pièce après plusieurs années, dans des circonstances toutes différentes pour l'art, et dans un temps peut-être où il n'était déjà plus permis de mériter de tels reproches, s'est empressé de saisir des faits, honorables pour lui, honteux pour ses ennemis, et d'en caractériser, pour ainsi dire, la nouvelle édition qu'il préparait de sa comédie. Au reste, ces additions, ces changements qu'on retrouve en d'autres endroits de la pièce, écrits par Aristophane en vue d'une troisième représentation qui n'eut pas lieu, ont bien pu être ajoutés par d'autres que lui à la seconde édition des *Nuées*. Je m'expliquerais ainsi comment on a laissé subsister la seconde partie de la Parabase, qui contredit la première. S'il y a, dans *les Nuées*, d'autres passages qui indiquent une date postérieure à la deuxième année de la quatre-vingt-neuvième olympiade, leur présence s'explique par la supposition que je viens de faire (1). Je ne m'en occuperai donc pas, et je laisserai cette explication, déjà trop longue, pour examiner un autre côté de la question.

Pour quels motifs Aristophane, après le premier échec des *Nuées*, les a-t-il remises au théâtre et corrigées encore après cette nouvelle tentative, aussi infructueuse que la première? Etait-ce amour-propre de poëte ou persistance d'homme politique? Aristophane va nous l'apprendre lui-même : « Vous qui aviez trouvé un homme assez courageux pour vous défendre et purifier ce pays, vous l'avez abandonné l'an passé, lorsqu'il semait les pensées les plus neuves, que, faute de les bien comprendre, vous avez empêchées de croître. Et cependant, au milieu de libations multipliées, il jure par Bacchus que jamais personne n'entendit de meilleurs vers comiques. C'est donc une honte pour vous de ne l'avoir pas compris sur-le-champ; mais le poëte, lui, n'a rien perdu de sa valeur aux yeux des gens éclairés, pour avoir, quoique supérieur à ses rivaux, été frustré dans son espoir. A l'avenir, mes amis,

(1) J'ai cité plus haut le vers 830, où Socrate est appelé Μήλιος. Voyez le Scholiaste sur ce passage. Cf. sur Diagoras, Schol. Gren. v. 320, et Meineke I, p. 526. Diagoras, de Melos, avait été exilé d'Athènes pour crime d'impiété.

quand des poëtes chercheront des idées et des inventions nouvelles, aimez-les, honorez-les mieux et conservez avec soin leurs pensées (1). » On le voit, le point sur lequel insiste surtout le poëte, c'est qu'il a émis des idées nouvelles, et qu'elles n'ont pas été comprises. Sans aucun doute il tenait à ses inventions comiques; mais il tenait avant tout, à ce qu'il semble, au triomphe de ses idées politiques. Ses plaintes sont remarquables à plus d'un titre. La première conclusion qu'on en peut tirer, c'est que ses idées n'étaient pas populaires dans Athènes, sans quoi le peuple les eût bien accueillies, et que Socrate avait plus d'influence sur les Athéniens qu'on ne l'a quelquefois supposé, puisque Aristophane attaquant Socrate subit deux défaites successives (2). Ce qui le prouverait, du reste, c'est l'obstination du poëte, que ces deux échecs ne rebutent pas, et qui, après plusieurs années d'intervalle, songe encore à une troisième édition de ses *Nuées*. L'enseignement de Socrate avait donc pénétré bien plus avant dans le peuple que ne semble l'indiquer sa condamnation, qui ne fut, après tout, qu'une réaction, une victoire remportée par le parti du passé sur le parti de l'avenir. Une autre conclusion à tirer de ce passage des *Guêpes*, c'est que les Athéniens n'allaient pas seulement chercher à ces représentations comiques ou bouffonnes un spectacle amusant et

(1) Les *Guêpes*, v. 1043-53.

(2) On a attribué la chute des *Nuées* à la cabale d'Alcibiade. C'est ainsi qu'on veut tout expliquer par les petites causes accidentelles, qui disparaissent toujours devant une vue d'ensemble. Voy. *Mémoires de l'Académie des Inscriptions et Belles-Lettres*, vol. XIII, p. 341.

des formes nouvelles, mais qu'ils s'intéressaient aux opinions de l'auteur, et qu'une pièce pouvait tomber, malgré l'agrément de son dialogue et de son cadre, pour peu qu'elle heurtât les idées reçues. Aussi chaque représentation d'un de ses drames est-elle pour Aristophane une bataille livrée, moins peut-être au profit de sa réputation que de son parti. Echoue-t-il une première fois, ou n'a-t-il qu'un succès contesté? il recommence la lutte jusqu'à ce qu'il soit vainqueur ou définitivement vaincu. Il remet donc ses pièces au théâtre, non parce qu'elles ont plu aux Athéniens, mais parce que son idée, à laquelle il tient, n'a pas eu le succès qu'il attendait. Ce que j'avance sera démontré, dans la suite de ce travail, par de nouveaux exemples. Le seul *Plutus* fait exception; mais on verra clairement qu'Aristophane se trouvait, à l'époque où cette comédie fut reprise, dans des circonstances toutes nouvelles, et qu'alors sa carrière politique était finie. Quant aux *Nuées*, elles représentent si bien la pensée d'Aristophane, qu'elles ne sont elles-mêmes, comme il est facile de s'en assurer par l'examen le plus rapide, qu'une continuation et un développement de l'idée contenue déjà dans un autre de ses drames, le premier de tous par la date, *les Détaliens* ou *les Convives*. Le poëte, dans cette comédie, introduisait deux jeunes gens, l'un sage, élevé d'après les anciennes coutumes, l'autre débauché, élevé d'après les nouvelles (1). Aristophane lui-même rappelle, peut-

(1) Schol. *Nuées*, v. 528 : τὸ πρῶτον δρᾶμα γράψας ὁ ποιητὴς ἐξέθηκε τοὺς Δαιταλεῖς, ἐν ᾧ σῶφρον μειράκιον εἰσάγει καὶ ἕτερον ἄχρηστον.

être avec intention, ce premier drame dans la Parabase des *Nuées* (1). Sans doute la seule indication du sujet suffirait pour montrer toute l'importance qu'attachait Aristophane à cette question de l'éducation, la plus grande de toutes celles qui se débattent entre les partis, et la place qu'il lui donna, dès son début, dans ses conceptions politiques et littéraires; mais il y a, dans les fragments conservés des *Détaliens*, certains passages qui établissent mieux encore cette filiation des idées dans l'esprit du poëte. Ainsi les fragments XV et XVI rappellent la scène entre Socrate et Strepsiade, qui commence au vers 627 des *Nuées* (2). Dans les deux pièces il s'agit du langage, altéré sans doute comme les institutions, et qui inspire à Aristophane, ce modèle si pur de la langue attique, le même regret qu'il ressent pour chaque débris du passé qui tombe à ses pieds. Je n'insisterai pas davantage sur ce point, qui n'a pas besoin de plus amples développements. Ce qui reste constant, c'est que l'idée des *Détaliens* est la même que celle des *Nuées*. Aristophane la reprend plus tard dans un nouveau cadre, et la développe en l'appliquant à Socrate. Il avait bien compris que c'était là l'ennemi qu'il fallait frapper. Si Aristophane eût été un poëte moraliste, il eût laissé Socrate en repos pour s'en prendre aux sophistes; il eût fait mieux, il eût employé tout son génie à élever, à affermir la réputation de Socrate. Mais Aristophane était un politique, et voyait par conséquent dans les hommes, dans les

(1) *Nuées*, v. 528.

(2) Voyez Bergk dans Meineke, vol. II, p. 1020 et suiv.

choses, dans les doctrines, ce qu'il y avait non de moral ou d'immoral, mais d'utile ou de dangereux pour son parti. Faible et timide à son début, il prélude par des attaques générales contre l'éducation, telle qu'on la donnait de son temps; puis bientôt, enhardi par le succès, il saisit son ennemi au corps, il le serre, il l'étreint, et, deux fois vaincu, se relève pour tenter une troisième lutte. Certes, il faut reconnaître une rare sagacité et une rare constance dans ce poëte, dans ce politique qui, dès ses premiers pas, se prend à ce qu'il y a de plus grand, de plus fort, de plus vital enfin dans le camp opposé, et s'acharne, malgré sa défaite, contre ce représentant des nouvelles doctrines, qu'une réaction devait tuer dans le présent, mais pour le faire revivre avec plus d'éclat et de puissance dans l'avenir! En résumé, Aristophane remet au théâtre une comédie, parce qu'elle a échoué, non parce qu'elle a réussi. Ce n'est pas une pièce, c'est une idée qu'il reproduit. Une pièce qui tombe disparaît ou se transforme pour reparaître, une idée qui tombe se relève.

LA PAIX. Cette comédie, ai-je dit plus haut, représente un côté de l'idée politique d'Aristophane. Il veut la paix par les mêmes motifs qu'il demande un retour à l'ancienne éducation et aux anciennes mœurs. Convaincu que la gloire et la prospérité d'Athènes sont fatalement liées à cette forme donnée à la société par ses ancêtres et ruinée de plus en plus par la guerre, auxiliaire des novateurs, partout dans ses ouvrages il exhorte ses concitoyens à la paix, tantôt heureux, tantôt malheureux dans ses tentatives, selon sans doute que des succès ou des revers ont relevé ou abattu leur ardeur belliqueuse. *La Paix* n'eut que le second prix, la première fois qu'elle fut jouée (1). Aristophane la remit sur la scène; un demi-succès n'était pas assez pour lui. Nous ne voyons pas qu'il ait agi de même pour aucune autre comédie, si ce n'est pour *les Nuées* : ce qui prouve qu'il faisait bon marché de ses cadres, mais non de ses idées. La question est de savoir laquelle des deux pièces nous est restée, et par conséquent à quelle date il faut placer l'une et l'autre. Les fragments cités de *la Paix*, qui ne se retrouvent pas dans la comédie que nous possédons, ne portent aucune indication particulière; ils sont d'ailleurs peu nombreux, et le plus important même a été attribué à un autre drame du même poëte, qui a pour titre : *les Laboureurs*. Les témoignages sur les dates varient, ainsi que les opinions sur le rang qu'il faut assigner à celle des deux éditions qui nous est parvenue. Je crois cependant qu'après un examen attentif il ne doit plus rester aucun doute sur ces questions. Il est certain d'abord que deux pièces ont été jouées sous ce nom (2). Eratosthène ignore si c'étaient deux ouvrages différents, ou seulement deux éditions de la même comédie (5). Si l'on admet les

(1) Argum. de *la Paix* : ἐνίκησε δὲ τῷ δράματι ὁ ποιητὴς ἐπὶ ἄρχοντος Ἀλκαίου, ἐν ἄστει. Πρῶτος Εὔπολις Κόλαξι. δεύτερος Ἀριστοφάνης Εἰρήνῃ, τρίτος Λεύκων Φράτορσι.

(2) Argum. de *la Paix*. Bœckh, Gr. Trag. Princ. p. 22, dit qu'il est douteux qu'il y ait eu deux éditions de *la Paix*.

(3) *Ibid*.

principes que j'ai essayé d'établir au début de ce travail, on ne peut guère hésiter sur ce point : il n'y a eu qu'une seule pièce et deux éditions. Mais il existe d'autres preuves, beaucoup plus positives, qui résultent de la comparaison des témoignages extérieurs et du texte que nous avons entre les mains. D'après la didascalie citée dans l'argument, *la Paix* fut jouée sous l'archonte Alcée, la même année et au même concours que *les Flatteurs* d'Eupolis ; ce qui en fixe la date à la troisième année de la quatre-vingt-neuvième olympiade (1). L'année suivante Eupolis fit jouer *Autolycus* (2), comédie où *la Paix* d'Aristophane est l'objet de ses railleries (3). Cette preuve, à mon avis, est décisive. Ce n'est en effet qu'à une époque très-rapprochée de la première représentation de *la Paix* qu'Eupolis pouvait railler avec succès l'un des incidents de cette pièce. Il fallait, pour que la plaisanterie eût du sel, qu'elle tombât sur un fait récent. Ainsi ces deux comédies se trouvent, d'après les textes, placées dans l'ordre où on les aurait mises logiquement, si l'on eût connu seulement les railleries d'Eupolis contre *la Paix*. Il n'y a donc aucune raison de révoquer en doute un fait si bien établi par le témoignage des auteurs et par le raisonnement. Cependant on s'est fondé,

(1) Meineke, vol. I, p. 135. — Cf. Athénée V, p. 216.

(2) *Ibid*, p. 117.

(3) Voy. schol. de Platon, p. 331, édit. Bekker : Κωμῳδεῖται δὲ (ὁ Ἀριστοφάνης) ὅτι καὶ τὸ τῆς Εἰρήνης κολοσσικὸν ἐξῆρεν ἄγαλμα, Εὔπολις Αὐτολύκῳ, Πλάτων Νίκαις. Voy., sur Platon et sa comédie, Meineke, vol. 1, p. 175.

et avec raison, sur un passage de *la Paix*, pour en placer la représentation olymp. XC, 1. Trygée, l'un des personnages de la comédie, se félicite de revoir la Paix après treize ans d'absence (1). Ainsi, conclut-on, la pièce fut jouée la treizième année de la guerre du Péloponèse, olymp. XC, 1. Ces deux assertions sont également vraies; elles se prouvent l'une par l'autre. Aristophane produit sur la scène une comédie intitulée *la Paix*, olymp. LXXXIX, 3; il n'obtient que le second prix, le premier est décerné à Eupolis. L'année suivante, olymp. LXXXIX, 4, Eupolis, fier de son succès, raille son rival sur cette comédie qui n'est venue dans l'estime des juges qu'après la sienne. Aristophane, à son tour, profitant sans doute du plus prochain concours, remet sa pièce au théâtre, d'abord parce qu'il tient à son idée, qui n'a pas complétement réussi, puis aussi pour prouver à Eupolis que ses railleries ne l'atteignent pas. Il n'y a rien là que de simple et de naturel, et les textes se trouvent encore ici d'accord avec la vraisemblance. *La Paix* fut donc représentée pour la première fois, olymp. LXXXIX, 3, et pour la seconde, deux ans plus tard, olymp. XC, 1. Maintenant, laquelle des deux éditions avons-nous? La seconde évidemment. C'est dans la pièce existante que se trouve le passage qui en fixe, de la manière la plus incontestable, la représentation à la treizième année de la guerre; il n'y a donc pas de doutes à élever sur ce point. Toutefois il est bon d'insister, car il y a des opinions contradictoires, et l'on ne peut trop prou-

(1) *La Paix*, v. 988 et suiv.

ver (1). En lisant la Parabase de *la Paix* sous l'impression des faits que je viens d'établir, il est impossible de n'être pas frappé de l'intention qu'Aristophane avait en l'écrivant. C'est une des pièces où il parle de la révolution dans l'art dont il a été l'auteur. *Les Nuées* et *les Guêpes*, où il se donne à ce sujet tant d'éloges, sont venues après un échec, et nous retrouvons les mêmes idées, la même apologie indirecte dans la Parabase d'une comédie reprise, non plus après une chute, mais après un succès incomplet, amoindri encore par la victoire d'un rival détesté. Ce simple rapprochement est significatif, et n'est pas cependant la seule chose qu'on puisse remarquer dans ce passage. Au milieu d'accusations générales contre les poëtes contemporains, on rencontre des allusions contre Eupolis (2), l'heureux rival de *la Paix;* circonstance bien singulière, si elle n'était qu'un effet du hasard !

J'ai parlé plus haut d'un passage contesté que l'on attribue aux *Laboureurs*, autre comédie d'Aristophane. Voici ce passage, qu'il est nécessaire de citer tout entier, pour bien faire comprendre la discussion dont il a été l'objet :

> A. Τοῖς πᾶσιν ἀνθρώποισιν Εἰρήνης φίλης
> πιστὴ τροφός, ταμία, συνεργός, ἐπίτροπος,
> θυγάτηρ, ἀδελφή, πάντα ταῦτ' ἐχρῆτό μοι.
> B. Σοὶ δ' ὄνομα δὴ τί ἐστιν; A. Ὅ τι; Γεωργία.
> B. Ὦ ποθεινὴ τοῖς δικαίοις καὶ γεωργοῖς ἡμέρα,
> ἄσμενός σ' ἰδὼν προσειπεῖν βούλομαι τὰς ἀμπέλους (3).

(1) Voyez Bergk dans Meineke, vol. II, p. 1063 et suiv. Il pense que nous avons la première édition de *la Paix*.

(2) Voyez le Schol., v. 764.

(3) Stobée II, p. 406 éd. Gaisford : Ἀριστοφάνους Εἰρήνης.

Ces vers, dont les deux derniers se retrouvent dans *la Paix*, telle que nous l'avons, sont attribués par Gaisford aux *Laboureurs*, et par Dindorf à une comédie de Ménandre, qui porte à peu près le même nom (1). D'un autre côté, Fritsche prétend que *les Laboureurs* ne sont qu'une des éditions de *la Paix* (2). Je ne parlerai pas de l'hypothèse de Dindorf, qui me paraît inadmissible. La comédie, au temps de Ménandre, ne se servait plus guère de personnages allégoriques, et l'on ne peut supposer qu'il ait pris deux vers à Aristophane sans y changer un seul mot. La conjecture de Gaisford, qui rapporte aux *Laboureurs* les vers cités, conjecture repoussée par Bergk (3), me semble être la vraie, et je l'adopte, parce qu'elle s'explique facilement au moyen des faits que j'ai établis. Bergk n'a qu'un motif pour la rejeter; suivant lui Aristophane, raillé par Eupolis à cause de cette gigantesque image de *la Paix*, κολοσσικὸν ἄγαλμα, qu'il a introduite dans son ouvrage, a retouché cette comédie pour une seconde édition, en modifiant les endroits attaqués et en y ajoutant un nouveau personnage, *Géorgie*, déesse des laboureurs. Mais il est hors de toute vraisemblance qu'Aristophane ait retouché sa pièce pour en faire disparaître les passages attaqués par Eupolis. C'est bien peu connaître le cœur de l'homme, et surtout le cœur du poëte, que de croire

(1) Voyez Bergk dans Meineke, vol. II, p. 1065.

(2) Comment. de Dætal., p. 131. — Voyez Bergk, *ibid.*

(3) Il avait d'abord adopté lui-même la conjecture de Gaisford, Comment., p. 323. Dans son nouvel ouvrage il dit s'être trompé. Il s'est trompé en effet, mais dans le second, et non dans le premier.

à la possibilité d'un tel fait. Les railleries de son rival devaient au contraire affermir Aristophane dans la résolution de conserver le personnage ou l'incident qui les avaient provoquées. Mais j'ai prouvé, je pense, que *la Paix*, telle qu'elle nous est parvenue, est la seconde édition, et que par conséquent on ne peut rien voir dans les fragments qui annonce une correction de la première comédie. Tout porte au contraire à croire que la conjecture de Gaisford est la vraie, et l'on demeurera d'accord de la parfaite convenance du passage contesté avec le cadre des *Laboureurs*. La Paix, suivant les habitudes du théâtre athénien, et l'on pourrait dire, de l'esprit grec, a sa personnification dans la pièce qui porte son nom. N'est-il pas tout simple de supposer que *Géorgie* joue dans *les Laboureurs* un rôle analogue à celui de la Paix? Mais comment expliquer ces deux vers qui sont les mêmes dans les deux pièces? Cette difficulté me paraît peu sérieuse. Sans parler d'Homère, de Virgile, et des autres poëtes, qui se sont pris des vers pour les appliquer à un autre ouvrage, et quelquefois à une autre partie du même ouvrage, on trouve dans Aristophane un exemple frappant de ce genre de répétition. Il a reproduit dans *la Paix* un passage tout entier des *Guêpes*. (1). Nous avons heureusement ces deux comédies intactes, ce qui a coupé court aux conjectures. Car, si l'une des deux eût été perdue, et qu'on eût retrouvé, au milieu

(1) Comparez *les Guêpes*, v. 1029-37, à *la Paix*, v. 752-61. Il n'y a entre les deux versions que de très-légères différences. — Euripide a souvent fait la même chose. Voy. Bœckh, Gr. Trag. Princ. p. 247.

de quelques fragments insignifiants, un certain nombre de vers de la pièce conservée, n'eût-on pas dit que l'une des deux comédies était une reprise ou une nouvelle édition de l'autre? Cette ressemblance de deux vers entre *la Paix* et *les Laboureurs* ne prouve donc rien, et elle s'explique d'ailleurs naturellement. Les deux drames ayant un même objet, sinon un même cadre, il était bien simple que le poëte, en composant la seconde, eût dans la mémoire des idées et des vers de la première. Cette réflexion me conduit à examiner l'opinion de Fritsche.

Les Laboureurs, à en juger d'après les fragments conservés, assez nombreux du reste et assez significatifs pour ne laisser aucun doute (1), sont à *la Paix* ce que *les Détaliens* sont aux *Nuées*. C'est le premier essai d'une idée aussi fortement enracinée dans l'esprit d'Aristophane, dès le début de sa carrière, que celle de l'éducation publique, qu'il a ébauchée d'abord dans *les Détaliens*, puis agrandie et complétée plus tard dans *les Nuées*. La représentation des *Laboureurs* semble devoir être placée, olymp. LXXXVIII, 4, sous l'archonte Stratoclès (2), aux dionysiaques de la ville, l'année même où Aristophane avait fait jouer, aux Lénéennes, ses *Chevaliers*, c'est-à-dire trois ans avant la première représentation de *la Paix*, qui eut lieu, comme on l'a vu, olymp. LXXXIX, 3. *Les Détaliens* avaient été joués, olymp. LXXXVIII, 1, sous l'ar-

(1) Voyez Bergk dans Meineke, vol. II, p. 985 et suiv.

(2) Voyez le même, p. 985. Son opinion ne s'appuie que sur des conjectures; mais elles sont assez vraisemblables.

chonte Diotime (1), et la première édition des *Nuées*, olymp. LXXXIX, 1, ce qui donne un intervalle de quatre ans. Ainsi entre *les Laboureurs* et *la Paix* il s'est écoulé à peu près le même temps qu'entre *les Détaliens* et *les Nuées*. *Les Laboureurs*, comme *les Détaliens*, appartiennent donc à ce qu'on pourrait appeler l'époque des débuts d'Aristophane; *la Paix* et *les Nuées* au contraire datent de cet âge de la vie où le génie a sa plus grande puissance, de cette époque moyenne de sa carrière où le poëte dramatique est maître de son public et de lui-même. C'est ce qui rend plus remarquable la chute des *Nuées*. Je n'insiste pas sur ce rapprochement qui n'est pas une preuve, mais qui établit du moins la possibilité et la vraisemblance de ma conjecture au sujet des *Laboureurs*. Si donc Fritsche a voulu dire qu'Aristophane a repris dans *la Paix* l'idée des *Laboureurs*, il a eu raison; mais s'il a cru qu'Aristophane, en reprenant l'idée avait repris aussi le cadre, il s'est trompé; car, encore une fois, Aristophane ne pouvait ni ne devait présenter aux Athéniens une comédie ancienne sous un titre nouveau. Dans tous les cas, ce n'est pas dans cette pièce, où il parle en termes si pompeux des services qu'il a rendus à l'art et à la république (2), qu'il eût osé mentir effrontément en face de ses concitoyens, quand lui-même, dans *les Nuées*, avait déclaré tout récemment qu'il ne les avait jamais trompés. Ainsi *la Paix* n'est,

(1) Voyez Bergk dans Meineke, vol. II, p. 1020.

(2) Voyez Parab. de *la Paix*. — Cf. Parab. des *Nuées* et des *Guêpes*, aux endroits cités.

comme *les Nuées*, qu'une forme nouvelle donnée à une idée immuable dans l'esprit d'Aristophane. Si à ces deux comédies on joint *le Plutus*, on aura les seules pièces de cet écrivain qu'on puisse dire avoir été reprises; encore, lorsque ce dernier drame reparut sur la scène, tout était-il changé dans les conditions du théâtre et dans les destinées du poëte.

PLUTUS. Le premier *Plutus* fut représenté sous l'archonte Dioclès, olymp. XCII, 4 (1), le second, sous l'archonte Antipater, olymp. XCVII, 4 (2). C'est la dernière pièce qu'Aristophane donna sous son nom (3). Il fit jouer ensuite sous le nom de son fils *le Cocalus* et *l'Æolosicon*, types de la moyenne comédie (4). Tels sont les faits: il s'agit d'en examiner la signification. Les deux éditions du *Plutus* sont à vingt ans de distance l'une de l'autre. Le Beau semble croire que c'étaient deux pièces distinctes; mais rien ne confirme cette opinion, ni les fragments du premier *Plutus*, qui ne sont rien, pour ainsi dire, ni les témoi-

(1) Voy. le Schol. v. 179: ἐν δευτέρῳ (Πλούτῳ) — ὃς ἔσχατος ἐδιδάχθη ὑπ' αὐτοῦ εἰκοστῷ ἔτει ὕστερον.

(2) Voy. la Didascalie: ἐδιδάχθη ἐπὶ ἄρχοντος Ἀντιπάτρου, ἀνταγωνιζομένου αὐτῷ Νικοχάρους μὲν Λάκωσιν, Ἀριστομένους δὲ Ἀδμήτῳ, Νικοφῶντος δὲ Ἀδώνιδι, Ἀλκαίου δὲ Πασιφάῃ.

(3) Voyez *ibid.* Cette assertion est contredite par l'auteur de la vie d'Aristophane. Il pretend que *le Plutus* fut donné sous le nom d'Araros, fils du poëte. Voy. cette vie dans Meineke, vol. I, p. 545, et en tête de presque toutes les éditions d'Aristophane.

(4) Platonius, p. 34. Eschyle, Sophocle et Euripide eurent aussi des successeurs dans leur famille. Voy. Bœckh, Gr. Trag. Princ. p. 32, 115 et 226.

gnages directs des grammairiens (1). Entre ces deux éditions d'un même drame, le théâtre avait subi toute une révolution. La liberté, d'abord illimitée, des poëtes comiques avait été restreinte peu à peu, et, vers l'époque de la reprise du *Plutus*, les Athéniens refusaient de faire pour la représentation des œuvres comiques les frais du chœur, cette partie indispensable de l'ancienne comédie (2). Nous avons vu Aristophane remettre à la scène *les Nuées* et *la Paix*, pièces dont l'une avait totalement échoué, dont l'autre n'avait été qu'à demi victorieuse, mais un an ou deux seulement après leur première apparition, et dans un temps où ses idées politiques luttaient ouvertement et au grand jour. Pourquoi donc reproduit-il une comédie représentée vingt ans auparavant et dans des circonstances si différentes de celles où il se trouve aujourd'hui? Aristophane, cet athlète intrépide, habitué à vaincre noblement aux yeux de tous, ou du moins à ne succomber qu'après une lutte vaillamment soutenue, est contraint maintenant de combattre renfermé dans un espace étroit, où il ne peut déployer sa vigueur, où il manque d'air enfin et de lumière. Il est gêné, mal à l'aise, et son imagination glacée ne lui fournit pas sur-le-champ les nouvelles inventions dont il a besoin; il se retourne alors vers le passé; il cherche, parmi ceux de ses drames qui ont réussi autrefois, ce-

(1) Mémoires de l'Acad. des Inscript., vol. XXX, p. 51 et suiv.

(2) Voy. à ce sujet le Mémoire de Le Beau. — Voy. aussi Meineke, vol. I, p. 39-43. Le savant critique a réuni dans quelques pages tous les faits qui se rattachent aux restrictions successivement apportées à la liberté du théâtre d'Athènes.

lui dont le cadre est le plus approprié aux circonstances présentes ; il retranche la partie lyrique et politique du chœur, efface des noms propres oubliés ou appartenant à des personnages trop élevés pour qu'on les puisse railler impunément, et substitue sans doute en quelques endroits la satire collective à la satire personnelle (1).

Le *Plutus* offre un exemple de ces changements dans les personnalités, dont j'avais supposé la nécessité, et qui se trouvent ainsi prouvés par un fait. Il s'agit de Néoclide. La première fois qu'il en est question dans Aristophane, c'est dans *les Ecclésiazuses*, où il est cité comme malade des yeux (2). Dans *le Plutus*, Néoclide est aveugle (3). Or, *les Eccléziazuses* furent jouées olymp. XCVI, 4, sous l'archonte Démostrate (4), quatre ans avant le second *Plutus*, dont la représentation eut lieu olymp. XCVII, 4, et seize ans après le premier, joué, comme on l'a vu, olympiade XCII, 4. Il est donc évident que ce Néoclide, cité comme aveugle dans le second *Plutus*, ne l'était pas dans le premier, puisqu'il n'a perdu la vue que depuis la représentation des *Eccléziazuses*, ou seulement depuis quatre ans. Ce fait suffit pour démontrer ce que j'ai avancé au commencement de ce travail, qu'Aristophane, en remaniant ses pièces pour une reprise, y introduisait des personnalités qui fussent

(1) Voyez Bergk, Comment., p. 142. Cf. Xénoph. Rép. Ath. ch. 2.
(2) *Ecclés.*, v. 255.
(3) *Plutus*, v. 665.
(4) Sam. Petiti. miscell. l. I, c. 15.

d'accord avec l'époque de la nouvelle représentation de sa comédie.

C'est après le *Plutus*, qui marque, pour ainsi dire, la transition entre le genre propre à Aristophane et le genre nouveau qu'on a appelé depuis comédie moyenne, qu'il fit paraître *le Cocalus* et *l'Æolosicon*. Mais, honteux sans doute de ces essais timides, de ces rejetons dégénérés d'une poésie pleine de sève et de force, il fait, au déclin de l'âge, ce qu'il avait été contraint de faire à son début, il se cache sous le nom d'un autre (1). Il pouvait bien y avoir là, comme le prétendent les grammairiens, un calcul de l'amour paternel, et rien n'empêche de croire qu'Aristophane voulait produire son fils avant sa mort, et le faire débuter dans la carrière dramatique sous ses auspices (2). Toutefois, ce dut être un triste moment pour un poëte, vieilli dans ces luttes du théâtre, encore plus politiques que littéraires, quand il vit sa tribune lui échapper, et il se trouva heureux, je le suppose, qu'il lui fût permis de voiler sa honte sous l'honnête prétexte de se donner lui-même un successeur. Il n'en fut pas moins, bien malgré lui sans doute, l'un des pères de cette comédie moyenne, qui n'eut et ne put avoir de caractère déterminé, n'étant elle-même qu'un souvenir de l'ancienne comédie et comme un pressentiment de

(1) Les deux premières comédies d'Aristophane, *les Détaliens* et *les Babyloniens*, parurent sous le nom de Callistrate. Voyez Bergk dans Meineke, vol. II, p. 966 et p. 1020.

(2) Τὸν υἱὸν αὐτοῦ συστῆσαι Ἀραρότα δι' αὐτῆς τοῖς θεαταῖς βουλόμενος, κτλ. Voyez Didascal.

la nouvelle. Pour mieux dire, elle ne fut que l'ancienne comédie affaiblie et dégénérée. Elle avait gardé le merveilleux dans les sujets, devenus mythologiques (1), et avait perdu cette âpreté dans la satire personnelle, qui donne un caractère si original à cette libre fille de la Démocratie, qu'on appelle l'ancienne comédie. L'art cherchait de nouvelles voies, *le Plutus* les ouvrit. La reprise du *Plutus*, après vingt ans, ne fut donc qu'une tentative, encore incertaine, d'un poëte qui remontait au temps de sa fécondité et de sa puissance pour y retrouver cette faculté de créer qu'il n'avait plus.

LES THESMOPHORIAZUSES. J'ai peu de choses nouvelles à dire de cette comédie, dont le nom a été bien à tort, à ce qu'il semble, appliqué à une autre comédie d'Aristophane, qui n'en était qu'une continuation. On n'est pas d'accord sur l'époque où elle fut jouée. Palmer en place la représentation sous l'archonte Callias, olymp. XCII, 1 (2); Samuel Petit, olymp. XCII, 4 (3); Musgrave, olymp. XCI, 3 (4). Ce dernier s'appuie sur un vers des *Thesmophoriazuses*, où il est parlé de *l'Andromède* d'Euripide, représentée l'année précédente (5). Cette tragédie ayant paru au théâtre, olymp. XCI, 2, la date fixée par

(1) Voyez dans Meineke, vol. I, p. 284, la longue liste des sujets mythologiques traités par des poëtes de la comédie moyenne.

(2) Palmer, Exercit. Voyez Bothe, Aristoph. vol. IV, p. 5.

(3) Miscell. lib. I, c. 13.

(4) Chronol. scen. en tête de l'édition d'Euripide.

(5) *Thesmoph.* v. 1060.

Musgrave peut être considérée comme la véritable. Quant à l'autre pièce, intitulée comme la première, Θεσμοφοριάζουσαι, il est hors de doute qu'elle ne ressemblait à celle que nous avons, ni pour le plan, ni pour les détails. On trouve dans Athénée (1) ce passage : ὅτι Ἀριστοφάνους τὰς δευτέρας Θεσμοφοριαζούσας Δημήτριος ὁ Τροιζήνιος Θεσμοφοριασάσας ἐπιγράφει. Il est clair, d'après ce seul témoignage qui a ici une très-grande importance, que l'action du second drame n'a pas dû être la même que celle du premier, puisqu'on a pu donner aux deux ouvrages des titres si différents pour le sens, bien qu'ils soient en apparence fort semblables. Il n'est pas moins évident que l'action commencée dans le premier a dû en quelque sorte s'achever dans le second, puisque les mêmes personnages y jouaient un rôle, et à une époque postérieure, comme le titre donné par Démétrius l'indique suffisamment (2). Au reste, il n'est pas difficile de s'expliquer l'erreur des grammairiens par la ressemblance matérielle des deux titres, et aussi sans doute par le lieu de la scène et l'époque de l'action qui sont à peu près les mêmes dans l'une et l'autre comédie.

La réunion des femmes dans *les Thesmophoriazuses* a lieu le troisième jour des fêtes de Cérès, appelé Νηστεία, le jour du jeûne (3), et dans la seconde

(1) Athén. I, p. 29, A.

(2) Voyez Bergk dans Meineke, vol. II, p. 1074. Il me paraît établir par des preuves suffisantes la distinction des deux pièces.

(3) *Thesmoph.* v. 80 et v. 933. — Cf. *Oiseaux*, v. 1416.

pièce, si l'on s'en rapporte au titre, le dernier jour des Thesmophories, jour consacré à un sacrifice expiatoire pour toutes les fautes qui avaient pu être commises pendant la durée des fêtes (1). Le poëte y introduisait *Calligénie* (2), que Du Theil croit être Cérès elle-même (3). Telle n'est pas l'opinion de Bergk, qui, s'appuyant sur divers textes, en fait une déesse particulière, compagne assidue de Cérès (4). Peu importe au reste que Cérès en personne soit venue, au début de la comédie, reprocher peut-être aux femmes assemblées leurs fautes et leurs vices, ou qu'une de ses compagnes ait pris une part quelconque à l'action de la pièce, il n'en est pas moins certain que le drame qu'on a appelé faussement Θεσμοφοριάζουσαι δεύτεραι, devait s'appeler Θεσμοφοριάσασαι. N'est-il pas évident d'ailleurs que ces mots πρότεραι, δεύτεραι, qui servent à qualifier deux éditions d'une même pièce, n'ont été appliqués que par erreur à deux comédies réellement différentes pour le fond, mais offrant cependant entre elles quelque ressemblance de forme? En effet, si cette désignation convient aux *Nuées*, à *la Paix*, au *Plutus*, qui ont eu deux éditions, certainement identiques, malgré quelques changements de détail, il est impossible qu'elle convienne aux deux

(1) Voyez sur ce sujet Du Theil, Mémoires de l'Acad. des Inscript. XXXIX, p. 200-236.

(2) Schol. Thesmoph. v. 299: δαίμων περὶ τὴν Δήμητραν, ἣν προλογίζουσαν ἐν ταῖς ἑτέραις Θεσμοφοριαζούσαις ἐποίησεν.

(3) Loc. cit. p. 231.

(4) Bergk dans Meineke, II, p. 1075.

pièces en question, que tout démontre n'être pas les mêmes. Cette dernière assertion, sur laquelle j'insiste, peut, en dehors des preuves positives, être confirmée par une remarque qui s'applique également à toutes les comédies d'Aristophane. Des trois qui sont signalées, avec raison, comme ayant eu deux éditions, *les Nuées, la Paix, le Plutus* (1), il n'est cité que des fragments très-peu nombreux, et du reste fort insignifiants, qui soient étrangers à la pièce existante. De celle au contraire qu'on a nommée Θεσμοφοριάζουσαι δεύτεραι il est resté un assez grand nombre de fragments, qui ont, relativement du moins, une certaine importance (2). Il en est de même pour *les Détaliens*, où j'ai montré le germe des *Nuées*, pour *les Laboureurs*, où l'on a cru voir une édition de *la Paix*, enfin pour *le Gérytadès*, que l'on compare sans raison aux *Grenouilles*, et dont l'examen terminera ces recherches. Voici les conséquences que j'en tire. Comme il y avait deux éditions des *Nuées*, de *la Paix*, du *Plutus*, c'est la seconde qui a dû être conservée, et c'est en effet celle que nous avons. Elle était corrigée, elle donnait le dernier mot de l'auteur; mais ni le fond ni le cadre n'en étaient changés. Les différences étaient par conséquent peu nombreuses, eu égard du moins à la totalité de l'ouvrage. Les citations doivent donc se rapporter surtout à la seconde édition, et en fort petit nombre à la première. Dans les pièces distinctes l'une de l'autre, au contraire, les eût-on crues semblables

(1) Voyez dans Meineke ou ailleurs les fragments de ces pièces.

(2) Voyez dans Meineke, vol. II, p. 1074 et suiv.

ou presque semblables, comme cela est arrivé pour les comédies énumérées plus haut, les grammairiens ont dû prendre des vers en proportion à peu près égale. Puisant à deux sources différentes, ils en ont tiré des citations bien plus abondantes qu'ils ne l'auraient fait, s'ils avaient eu sous les yeux, au lieu de deux comédies distinctes, deux éditions d'une même comédie, dont la seconde eût abrogé, ou peu s'en faut, la première. De ce seul fait, incontestable, puisqu'il suffit d'un coup d'œil pour en vérifier l'exactitude, on aurait pu conclure, comme j'ai conclu jusqu'à présent, appuyé sur des preuves plus positives, l'identité des deux éditions des *Nuées*, de *la Paix*, du *Plutus*, et la différence radicale des deux *Thesmophoriazuses*. Il reste à voir quelle a été la date de la seconde de ces pièces. Suivant Bergk, qui me paraît être dans le vrai, elle n'a pu être éloignée de la première, qu'elle continue et qu'elle complète (1). Il est même à supposer qu'elle fut représentée l'année suivante. J'ai placé, d'après Musgrave, la date des *Thesmophoriazuses*, olymp. XCII, 3. Or, en comparant toutes les dates connues des comédies d'Aristophane, on n'en trouve aucune qui soit assignée à la quatrième année de cette même olympiade. Pourquoi *les secondes Thesmophoriazuses*, ou plutôt, pourquoi *les Femmes après la fête de Cérès* n'auraient-elles pas été représentées cette année? Ceci n'est point une preuve, je le sais; mais, en l'absence de tout document, la critique, ré-

(1) Voyez dans Meineke, vol. II, p. 1070.

duite aux conjectures, est trop heureuse quand rien ne se rencontre qui les rende impossibles. On peut donc regarder comme établi que le nom donné à cette comédie ne lui appartient pas, et qu'ainsi j'ai eu raison de dire qu'Aristophane n'avait jamais donné deux pièces différentes sous un même titre. J'ai maintenant à prouver, à propos du *Gérytadès*, qu'il n'a jamais non plus employé deux fois le même cadre avec deux titres différents.

GÉRYTADÈS. *Les Grenouilles* furent jouées sous l'archonte Callias, olymp. XCIII, 3, aux Lénéennes, et redemandées, dit-on, à cause de l'admiration qu'excita la Parabase (1). Ce n'est pas là ce qu'on peut appeler une reprise, car, en admettant l'exactitude de ce fait, qui repose sur la seule autorité de Dicéarque (2), rien ne prouve que la seconde représentation n'eut pas lieu immédiatement après la première. Il est vraisemblable au contraire que cet enthousiasme eut sur-le-champ son effet, et que la comédie fut jouée deux fois de suite, ce qui équivaudrait à cette série de représentations non interrompues qu'ont chez nous les pièces bien accueillies du public (3). D'ailleurs c'était une faveur rarement accordée, et qui devait détourner

(1) Argum. de Gren. Οὕτω δὲ ἐθαυμάσθη τὸ δρᾶμα διὰ τὴν ἐν αὐτῷ Παράβασιν, ὥστε καὶ ἀνεδιδάχθη, ὥς φησι Δικαίαρχος.

(2) C'était un philosophe péripatéticien. Voy. Cicér. de Off. II, 5.

(3) Voyez Plaute, *Pseudolus*, sc. dernière :

Verum si voltis applaudere
Atque approbare hunc nostrum gregem et fabulam, vos in crastinum vocabo.

Aristophane de revenir, peu d'années après, sur ce même sujet, et de représenter aux Athéniens, qui avaient si bien reçu *les Grenouilles*, la même idée littéraire et presque le même cadre. C'est pourtant ce qu'on a prétendu (1), sans s'apercevoir de l'invraisemblance d'une pareille supposition à l'égard d'un poëte, aussi convaincu que l'était Aristophane de la nécessité de varier ses inventions comiques. Voici en peu de mots l'assertion de Bergk. Aristophane se plaint, dans *le Gérytadès*, de la décadence et de la corruption de la poésie, et y introduit des poëtes de son époque envoyés dans les enfers pour y réclamer le secours des maîtres de l'art. Le plan est donc à peu de chose près celui des *Grenouilles*, où Bacchus fait le même voyage pour aller chercher Euripide qu'il regrette. Il est certain, continue-t-il, que cette comédie n'a pu être représentée avant la mort d'Euripide et de Sophocle, c'est-à-dire avant la troisième année de la quatre-vingt-treizième olympiade, date de la représentation des *Grenouilles*, d'où il conclut que *le Gérytadès* a dû paraître sur la scène quelques années plus tard. Ces assertions sont hasardées, sinon tout-à-fait fausses; ou du moins si quelques-unes sont vraies, c'est pour d'autres motifs que ceux sur lesquels le critique s'appuie.

Premièrement, en quoi le plan du *Gérytadès* ressemble-t-il à celui des *Grenouilles*? Voyons les textes qui ont donné lieu à ce rapprochement :

(1) Voyez Bergk dans Meineke, vol. II, p. 1014 et suiv.

1.

A. Καὶ τίς νεκρῶν κευθμῶνα καὶ σκότου πύλας
ἔτλη κατελθεῖν; B. ἕν' ἀφ' ἑκάστης τῆς τέχνης
εἱλόμεθα κοινῇ γενομένης ἐκκλησίας,
οὓς ᾔσμεν ὄντας ᾀδοφοίτας καὶ θαμὰ
ἐκεῖσε φιλοχωροῦντας. A. εἰσὶ γάρ τινες
ἄνδρες παρ' ὑμῖν ᾀδοφοῖται; B. νὴ Δία
μάλιστά γ'. A. ὥσπερ Θρακοφοῖται; B. πάντ' ἔχεις.
A. καὶ τίνες ἂν εἶεν; B. πρῶτα μὲν Σαννυρίων
ἀπὸ τῶν τρυγῳδῶν, ἀπὸ δὲ τῶν τραγικῶν χορῶν
Μέλητος, ἀπὸ δὲ τῶν κυκλίων Κινησίας (1).

Athénée fait précéder cette citation de ces paroles : Καὶ Ἀριστοφάνης δὲ ἐν Γηρυτάδῃ λεπτοὺς τούσδε καταλέγει, οὓς καὶ πρέσβεις ὑπὸ τῶν ποιητῶν φησιν εἰς Ἅιδου πέμπεσθαι πρὸς τοὺς ἐκεῖ ποιητάς. Il résulte de ces passages que trois poëtes, Sannyrion (2), Meletus (3) et Cinésias (4), appartenant, le premier à la comédie, le second, à la tragédie, le troisième, aux chœurs cycliques, sont envoyés aux enfers vers les poëtes qui les habitent, et dont Athénée nous laisse ignorer les noms. Ces trois personnages sont évidemment sacrifiés. Outre leur maigreur, qui les rendait ridicules, ils avaient sans doute des droits aux sarcasmes d'Aristophane. Mais y a-t-il, dans les textes que je viens de citer, des indices suffisants pour qu'on puisse prétendre qu'il s'agissait dans cette pièce

(1) Athénée, XII, p. 551. A.
(2) Voyez Meineke, vol. I, p. 263. — Cf. Athén. XII, p. 555. C.
(3) Aristoph. Gren. v. 1302. — Cf. Schol. de Platon, p. 370.
(4) Voyez Meineke, I, p. 227 et suiv.

de la décadence de l'art, ou tout au moins que les trois poëtes désignés étaient envoyés aux enfers pour réclamer le secours de leurs maîtres, enlevés par la mort ? Y voit-on clairement que la scène se passait aux enfers, comme il le faudrait, s'il y avait un rapport réel entre le plan du *Gérytadès* et celui des *Grenouilles ?* Rien de semblable ne s'y trouve. Il est incontestable que Sannyrion, Meletus et Cinésias descendent chez Pluton, chargés par les poëtes vivants d'une mission pour les poëtes morts. Mais là s'arrêtent les preuves, celles du moins dont Bergk s'est servi pour étayer son opinion. Examinons maintenant s'il n'y a pas dans le fragment cité d'autres indices qui puissent nous mettre sur la voie. D'abord, pourquoi, s'il s'agissait simplement, comme dans *les Grenouilles*, de la décadence de la tragédie, dont Euripide et Sophocle étaient les plus illustres représentants au temps d'Aristophane, aurait-on choisi un poëte de chaque art, suivant l'expression grecque, c'est-à-dire, un poëte comique, un poëte tragique, et un poëte dithyrambique ? D'un autre côté, qu'avaient de commun entre eux, chez les Grecs, ces trois genres de poésie ? leur destination, leur but, qui était d'orner les fêtes de Bacchus, et par conséquent le chœur, expression religieuse de ces fêtes. Aussi est-ce des chœurs surtout que parle Aristophane, *τῶν τραγικῶν χορῶν*, s'il s'agit de Meletus, puis *τῶν Κυκλίων*, quand il parle de Cinésias. Et que ferait là Cinésias, qui n'était ni poëte comique, ni poëte tragique, s'il n'y était amené par sa mission propre, qui consistait à composer des chants pour les chœurs des *Dionysiaques?* Ce n'est pas tout, d'où vient ce titre Γηρυτάδης, que Bergk se refuse à expliquer? Il me semble qu'en le décomposant on peut arriver à un résultat, car Aristophane ne donne pas à ses comédies des titres insignifiants. Lysistrate, par exemple, est un nom qui s'accorde parfaitement avec le sujet de la pièce en tête de laquelle il figure. Pourquoi Γηρυτάδης ne serait-il pas formé de la même manière? En décomposant, on trouve γῆρυς ou γηρύειν et ᾅδης. Reste le τ qui a dû être attiré par l'aspiration de la première syllabe d'ᾅδης. Cette aspiration ne pouvant se conserver, au milieu d'un mot, avec l'esprit rude, ni se perdre, elle a été remplacée par une consonne, comme cela a lieu pour un grand nombre de mots dérivés du grec, *sal, sedeo, super,* etc. Cette décomposition me semble naturelle. D'ailleurs Aristophane a employé une seule fois chacun de ces deux mots, γηρύειν dans *la Paix* (1), γῆρυς dans *les Oiseaux* (2), le premier pour désigner le chant d'un chœur tragique; le second, le chant des oiseaux, et les a pris par conséquent l'un et l'autre dans une signification analogue. Le sujet de cette pièce se rapporte donc aux chœurs, non pas comiques seulement,

(1) Voy. *la Paix*, v. 805 :

> χορὸν δὲ μὴ ᾔχη Μόρσιμος,
> μηδὲ Μελάνθιος· οὗ δὴ
> πικροτάτην ὄπα γη —
> ρύσαντος ἤκουσ' κτλ.

(2) *Oiseaux*, v. 237 :

> μαλθακὴν ἱέντα γῆρυν,

mais tragiques et cycliques ou dithyrambiques, et l'on entrevoit sans peine, bien qu'il ne soit peut-être pas possible de rien déterminer, la liaison qui doit se trouver entre le titre de la comédie et le voyage aux enfers des trois ambassadeurs.

Il convient maintenant de rechercher la date de cette comédie, qui a dû en effet être jouée après *les Grenouilles*, non parce qu'elle leur ressemble, ce qui ne prouverait rien, quand ce serait exact, ni parce qu'elle n'a pu paraître au théâtre qu'après la mort d'Euripide et de Sophocle, conjecture qui n'est autorisée par aucun des fragments conservés du *Gérytadès*, mais pour de tout autres raisons, dont on reconnaîtra, je l'espère, la vraisemblance. Cette pièce me paraît être de l'époque où commence la décadence de l'ancienne comédie. Or, ce fut le chœur qui perdit le premier, soit par l'effet des lois restrictives de la liberté du théâtre, soit par la parcimonie des Athéniens, qui, à partir de la quatrième année de la XCIII[e] olympiade, époque de la tyrannie des Trente, ne firent plus qu'avec répugnance ou se refusèrent même à faire les frais du chœur (1), Eupolis, dont la vie ne se prolongea pas au-delà de cette olympiade, se plaint déjà, dans un fragment qui nous est parvenu, de la sordide économie d'un Chorége (2). Plus tard Cinésias, le poëte dithyrambique, celui-là même dont il est question dans *le Gérytadès*, pour se venger

(1) Platonius, de Diff. Com. p. XXXIV. Voyez Meineke, vol. I, p. 531 et suiv.

(2) Pollux, III. 115. [illegible]

des attaques des poëtes comiques, s'efforce de dépouiller les chœurs de la comédie de tout appareil et de toute magnificence (1). Agyrrhius à son tour, olymp. XCVI, 3, poussé par les mêmes sentiments fait les mêmes tentatives (2). Ce fut la musique d'abord qu'on retrancha des chœurs, c'est-à-dire ce qui les faisait vivre (3). Mais avant que le chœur tombât pour toujours, il y eut bien des alternatives, bien des luttes qui se reproduisirent, comme on vient de le voir, à plusieurs époques, par conséquent bien des traits lancés, plus d'une pièce même composée sur ce sujet par les poëtes comiques, tous armés, comme les Guêpes d'Aristophane, d'un dangereux aiguillon, et tous ayant sans aucun doute la volonté de s'en servir. Je ne crois donc pas être loin de la vérité en supposant que *le Gérytadès*, comme l'indiquent son titre et les fragments que j'ai cités, se rapportait à ces attaques si souvent renouvelées, qui durent être repoussées avec vigueur surtout par Aristophane, si sublime parfois, si hardi toujours dans ses chœurs. Puis, n'y a-t-il pas des conséquences à tirer du choix qu'il a fait de Cinésias, cet ennemi acharné de l'ancienne comédie, pour l'envoyer aux enfers avec Meletus et Sannyrion? Au reste, tout ce qu'il importe de prouver, c'est que *les Grenouilles* et *le Gérytadès* ne se ressemblent pas pour

(1) Schol. des Gren. v. 153 et v. 406.

(2) Schol. Aristoph. Eccl. v. 102 et Gren. v. 367. — Voy. Meineke, vol. I, p. 42. C'est à lui que j'ai emprunté ces renseignements sur les attaques dont le chœur fut l'objet. — Cf. Lévesque, Hist. Gr. V. p. 97.

(3) Le Brau, loc. cit. p. 57.

le plan, ni même pour l'idée. Quant à la date, je n'hésite pas à la mettre après la XCIII[e] olympiade, durant cette période qui commence à la tyrannie des Trente et se termine à la suppression définitive des chœurs, dont nous voyons l'effet dans le second *Plutus*.

Le Gérytadès ne peut donc être assimilé aux *Grenouilles*. Je viens de démontrer, je crois, autant du moins que des conjectures démontrent, que l'idée et le but des deux pièces ne sont pas les mêmes; les deux plans ne se ressemblent pas davantage. Il y a sans doute dans les deux comédies une descente aux enfers; mais dans *les Grenouilles* elle est toute la pièce; dans le *Gérytadès* elle n'est évidemment qu'un épisode. Ce dialogue, dont j'ai rapporté des fragments, se passe sur la terre; il suffit de le lire pour s'en convaincre. Tous les autres fragments, ou à peu près, supposent un récit. Le voyage infernal est donc raconté sur le lieu de la scène, sans doute dans Athènes, et ne peut occuper dans le drame qu'une place secondaire. Il est vrai que Sannyrion, Meletus et Cinésias sont députés vers des poëtes; mais cela prouve-t-il qu'ils aillent vers eux comme Bacchus vers Eschyle, Sophocle et Euripide? Non, sans doute. Il s'agit de chœurs et de musique; cela explique pourquoi ces députés sont des poëtes, aussi bien que ceux à qui on les envoie. Ainsi on ne peut voir dans *le Gérytadès* une reproduction de l'idée et du plan des *Grenouilles*. Il leur ressemble peut-être comme *la Jérusalem Délivrée* à *la Divine Comédie*, ou comme le VIe livre de *l'Énéide* au IVe livre des *Géorgiques*. L'enfer du Tasse est un épisode, celui de Dante est un poëme. De ce que, dans *l'Énéide*, Énée fait le même voyage que Virgile avait fait faire à Orphée, dans *les Géorgiques*, eût-on jamais conclu, s'il n'était resté que des fragments de ces poëmes, l'identité du plan et de l'idée des deux ouvrages? C'est pourtant d'après une ressemblance de ce genre qu'on a prétendu retrouver *les Grenouilles* dans *le Gérytadès*. Je suis donc en droit de soutenir ce que j'ai avancé au commencement de ce travail, qu'Aristophane reproduit ses idées dans de nouveaux cadres et sous de nouveaux noms, que parfois même il remet à la scène une pièce qui y a déjà paru; mais que jamais il ne reproduit un plan ancien sous un titre nouveau, ni un plan nouveau sous un titre ancien.

Ces recherches, qui dans mon esprit n'étaient qu'un complément, utile sans doute, mais non indispensable, de mon appréciation générale d'Aristophane, ont atteint, sans que je l'eusse prévu, et peut-être même dépassé les dimensions de mon travail principal. J'espère cependant qu'elles offriront quelque intérêt, si je suis parvenu à faire ressortir clairement, par des preuves nouvelles, ce qui se trouve à un haut degré dans Aristophane, c'est-à-dire cette continuité dans l'idée et cette variété dans l'invention, qui établissent son double caractère de politique et de poëte.

FIN.

Vu et lu.

A Paris, en Sorbonne, le 19 octobre 1842.

Par le doyen de la Faculté des Lettres de Paris,

J. VICT. LE CLERC.

www.ingramcontent.com/pod-product-compliance
Ingram Content Group UK Ltd.
Pitfield, Milton Keynes, MK11 3LW, UK
UKHW020334180726
13839UKWH00002B/708